[美]马特·福贝克◎著　农飞洋◎译

童趣出版有限公司编译　人民邮电出版社出版
北　京

## 图书在版编目（CIP）数据

我的世界. 传奇猪灵归来 /（美）马特·福贝克著；童趣出版有限公司编译；农飞洋译. -- 北京：人民邮电出版社，2024. -- ISBN 978-7-115-64805-1

Ⅰ. Ⅰ712.84

中国国家版本馆CIP数据核字第2024XD0147号

著作权合同登记号 图字：01-2024-2279

本书中文简体字版由大苹果代理公司代理授权童趣出版有限公司、人民邮电出版社出版发行。未经出版者书面许可，对本书的任何部分不得以任何方式或任何手段复制和传播。本书只限于中华人民共和国境内（香港、澳门、台湾地区除外）销售，任何在上述地区以外对本书的销售行为，均构成对权利人的权利侵权行为，应承担相应法律责任。

Minecraft Legends: Return of the Piglins is a work of fiction. Names, places, and incidents either are products of the author's imagination or are used fictitiously. Any resemblance to actual events, locales, or persons, living or dead, is entirely coincidental.

Copyright © 2023 Mojang AB. All Rights Reserved. Minecraft, the Minecraft logo, the Mojang Studios logo and the Creeper logo are trademarks of the Microsoft group of companies.

| 著 | ：[美]马特·福贝克 | 责任编辑：许治军 |
|---|---|---|
| 译 | ：农飞洋 | 责任印制：李晓敏 |
| 排版制作：北京汉魂图文设计有限公司 | | 封面设计：关昭昕 |

| 编 | 译：童趣出版有限公司 |
|---|---|
| 出 | 版：人民邮电出版社 |
| 地 | 址：北京市丰台区成寿寺路11号邮电出版大厦（100164）|
| 网 | 址：www.childrenfun.com.cn |

读者热线：010-81054177　　经销电话：010-81054120

| 印 | 刷：北京华联印刷有限公司 |
|---|---|
| 开 | 本：889×1194　1/32 |
| 印 | 张：7 |
| 字 | 数：150千字 |
| 版 | 次：2024年10月第1版　2024年10月第1次印刷 |
| 书 | 号：ISBN 978-7-115-64805-1 |
| 定 | 价：59.00元 |

版权所有，侵权必究。如发现质量问题，请直接联系读者服务部：010-81054177。

献给安(Ann)、马蒂(Marty)、劳拉(Laura)、帕特(Pat)、尼克(Nick)、肯(Ken)和海伦(Helen),他们总是告诉我如何才能玩得最开心。

# 1

# 序章

"克里滕跑到哪儿去了？"邦菇斯的怒吼响彻王座室，在破败的猪灵堡垒里久久回荡，"我要它给我出主意！现在、立刻、马上！"

虽然可能有些争议，但邦菇斯所在的猪灵族群说是全下界规模最大、实力最强的也不为过，而它正是这个族群的首领。邦菇斯喜欢让下属立刻执行它的命令，尽管有些命令听上去荒诞不经，但还从没有哪个猪灵敢置之不理。至于克里滕，邦菇斯的所作所为早已让它怒火中烧、血压飙升，它的愤怒如同沸腾的熔岩涌入堡垒支离破碎的围墙。如果不是压抑着自己愤怒的情绪，其实克里滕很想把邦菇斯的话当耳旁风。

"你才不需要克里滕给你出主意！"乌格布嘟囔道。"那你来！"邦菇斯鄙夷地看着一旁的猪灵蛮兵，"你这空有蛮力的'榆木'脑袋！我们现在的问题不是靠蛮力就能解决的，要靠克里滕智取！智取，懂吗！"向来推崇"以力服人"的乌格布感到愤懑不平，嘟囔的声音变得更大了："肌肉给予我们这座堡垒，当然也能让我们守护它！"

邦菇斯从粗制的石头王座上一跃而起，反手将乌格布打倒在地："你的那些肌肉怎么没有保护你？啊？"

乌格布擦擦嘴，从地上站了起来。它狠狠地瞪着邦菇斯，仿佛下一秒就会从眼里射出两支箭打穿邦菇斯的头。

邦菇斯对乌格布哼了一声，说道："外面能干掉我们的东西多了去了！你知道有多少猪灵在对我们虎视眈眈吗？单靠肌肉是不够的，即使有堡垒保护也撑不了多久！我们要担心的事情多着呢，没点脑子可不行！"

见邦菇斯如此需要自己的帮助，克里滕觉得是时候顶着它的怒气赌一把了。矮小的克里滕整了整袍子，从王座后的隐蔽处走了出来。一缕光从堡垒破旧不堪的屋顶洒下，照在了它身上。

"我在这儿！"克里滕说道，明亮而充满期许的声音因恐惧而略微颤抖，"我有您想要的那些好点子，它们就存在我脑袋里！我能帮您！"

邦菇斯转过身，反手将这只十分热情的猪灵朝另一个方向打去。邦菇斯和乌格布都是身材高大的猪灵，但克里滕的身高不及它们的一半。于是，被击飞的克里滕像球一样滚动着，撞到了王座室另一侧的墙上。邦菇斯出乎预料的举动把克里滕吓得不轻，它瘫了好一会儿才回过神来。

克里滕甩了甩头："我刚才说错什么了吗？"

邦菇斯怒气冲冲地走来，粗壮的双手紧握成拳头："你说什么不重要！问题是你什么都没做！"

克里滕蜷着身子，邦菇斯长长的影子压在它的背上。"我在试着做了！您知道我一直在努力！"

"光试可不够！"邦菇斯穿靴子的脚不停地跺着地，"要不我试试不把你捏成肉酱，然后失败一次如何？"

"既然帮您夺下这座堡垒的是我！"虽然内心满是恐惧，但不知怎的，克里滕挑衅起了邦菇斯，"那我也能帮您守住它！"

"凭你也能帮我们守住堡垒？"乌格布没好气地哼了一声，"如果我们守不住，其他猪灵就会把它抢走！"

乌格布这番捅破窗户纸的发言让邦菇斯倒吸一口凉气：它们已是强弩之末，其他猪灵族群随时都有可能将它们逐出堡垒，甚至更糟！

克里滕心想："这样才公平嘛，毕竟邦菇斯你也是这样攻占这座堡垒的。"

"不可能！"邦菇斯如雷的吼声直冲乌格布，"这种事永远都不会发生！我们不会让它们得逞的！"

乌格布蔑视道："在您攻下格朗格特的堡垒前，它也是这么说的！猪灵世界的法则就是弱肉强食！"

我的世界　传奇　猪灵归来

邦菇斯无法接受："这次不会！我们不一样！我才不会像格朗格特那样！"

乌格布朝这只体形比它稍大的猪灵哂笑道："您和它有什么区别吗？"克里滕看到，在乌格布巨大的脑袋中，一颗背叛的种子正在悄悄发芽。

邦菇斯用布满伤痕的肥手戳了戳克里滕："我有这只聪明的小猪灵！它会找到保护大家的办法！它会帮大家守住堡垒！"

"帮大家？"克里滕摇了摇头，思索着乌格布不义的念头是否已经影响到了自己，"我看是帮您！"

邦菇斯轻笑了两声："不不不，这不单是我的危机，这是大家的危机！"

乌格布皱了皱眉，头脑简单的它难以理解邦菇斯的这番推论——猪灵蛮兵在动脑子这方面并不擅长。"您的意思是？"

"如果我死了，族群就会灭亡。没有我，守卫堡垒的猪灵数量就会不够！如果猪灵数量不够——"

克里滕轻声补完首领的后半句话："其他猪灵族群就会攻入堡垒，将残兵败将赶尽杀绝。"

克里滕的说话声虽小，却在沉寂的王座室内久久回荡。

虽然乌格布知道克里滕说的没错，但这番话让它更加愤怒。它面目扭曲地看向这只小小的猪灵："那么，我们聪明的小伙计有何计策？"

克里滕僵住了，双眼望向王座室唯一的出口——两只全副武装的猪灵站在门旁，似乎正装聋作哑；克里滕意识到，自己没法儿蒙混过关。

　　走投无路的克里滕只好从地上站起来，与邦菇斯对峙。一番努力尝试后，败给恐惧的它只希望面前的邦菇斯能察觉自己在因愤怒而颤抖："您以为我什么都没做吗？我已经尽我所能了！这不是我的错！"

　　邦菇斯向克里滕走去，身为军师的克里滕连忙辩解道："这也不是您的错，我研究过这座堡垒前五任首领的经历，它们都没能阻止这一切发生！"

　　邦菇斯用一根粗壮的手指顶着克里滕的胸口，将克里滕狠狠地顶在墙上。粗暴的动作让克里滕的心脏隐隐作痛。邦菇斯说道："这或许是我的错，但也有可能是你的错！不管怎样，我给你最后一次机会解决这个问题！"

　　"如果我做不到呢？"克里滕厌倦了这样担惊受怕的生活。它已经为邦菇斯效力了很长一段时间，对于它们曾经共同奋斗的那些日子，它仍记忆犹新；它俩有过一段"双赢"的伙伴关系，这座堡垒正是它们并肩奋战的结晶。昔日战友为何沦落至这般地步？未来它又将遭遇哪些变故？

　　邦菇斯用拇指划了下喉咙，然后恶狠狠地往肩膀后指了指："那你就给我滚到外面自生自灭吧！"

　　克里滕竭力让自己和身后的墙融为一体："您这等于判我死刑！外面的疣猪兽会将我生吞活剥的！"

　　邦菇斯哈哈大笑："起码你还能喂饱它们，也算是终于发挥了一些作用！"

## 2

# 动物园之梦

"我在经营动物园这方面可真是个彻头彻尾的废物……"正在主世界漫游的法纳姆自言自语道,为没人听到他的这番真心话而感到庆幸。为了不被抛弃,他一直在朋友面前艰难维持着自己的人设,但他实在没办法对自己撒谎。

太阳高挂在万里无云的天空,照耀着法纳姆和他脚下的大地。地面起起伏伏,延伸至小镇外的山脉。这里是他的家乡,是他一生都不会忘记的地方。各种动物在这里漫步,在丰美的草地上尽情享用美食,在附近的河流里自由穿行。法纳姆和它们朝夕相处,对它们十分熟悉,甚至熟悉得过了头。

"动物园管理员这门差事真是太差劲了。"法纳姆抱怨自己的工作,但并不排斥动物,他为动物园里的动物提供了比野外更好的生活环境。毕竟,如果不得不让动物放弃属于它们的自由,只有尽力为它们提供环境更好的新家才显得公平。

但问题在于,他的动物园很小,里面只展示了一些他外出远足时带回的动物。而这些动物随处可见,游客只要到小镇外围随便走走就能看到它们。对游客而言,动物园只帮他们省去了外出的精力。

法纳姆清楚,这正是动物园最大的问题,但他不知道该如何解决。他以前从没打算开一家动物园,但回过神时,他已经是一家动物园的管理员了。

这一切都始于某一天——那天的天气和今天一样晴朗,他在野外徒步时,意外发现了一只受伤的狐狸。由于狐狸通常只在针叶林群系出没,所以它肯定是背井离乡来到这里的。要是在平时,赤手空拳的法纳姆是不可能抓住狐狸这类敏捷的动物的,但这次不同,受伤的狐狸甘愿被他抱在怀里,让他带回家进行治疗。

他给狐狸起名雷纳德。狐狸康复后,法纳姆试着将它放生,但它并不想离开,而是在法纳姆家附近徘徊,向他讨甜浆果吃。最后,法纳姆心软了,他把狐狸带回了家。由于它老是叼着东西乱跑,法纳姆控制不住它,无法让它不在家里"撒野",于是在家外面用栅栏给它围了一大块地。

和让雷纳德待在家里相比,装栅栏更多地是为了不让其他人靠近它的地盘。但当居民听说镇上有了一只狐狸时,他们便四处打听,希望一窥雷纳德的真容;到后来,甚至还有人问能不能给雷纳德筹集抚养费。于是,法纳姆便决定正儿

### 我的世界 传奇 猪灵归来

八经地开一家动物园,地址就设在雷纳德家旁边。

不幸的是,法纳姆为动物园收集珍稀动物的旅程并不顺利。到目前为止,除雷纳德外,动物园里都是小镇周边随处可见的动物:一头牛、一只驴、一对绵羊、一只兔子和一只乌龟。

平平无奇,没有人想去看它们。

尽管如此,法纳姆还是尽力为动物们提供舒适的居住环境,保证它们吃得放心、住得安心。法纳姆并不觉得这算某种经营策略,他只是单纯觉得,这是对离群动物们应做的分内之事,所以当它们拒绝离开时,他也没有下狠心将它们赶出去。

动物们坚持要留下来,法纳姆便觉得自己有了抚养它们的义务。但与此同时,捐给动物园的善款很快就要被用完了。如果法纳姆不尽快为动物园引进夺人眼球的新动物,那么他就不得不在动物和温饱间做出抉择。

想到这里,他的肚子不禁咕咕叫唤。他紧了紧身上的防水背包,想在补充能量前再走一会儿。

"至少今天天气不错。"他朝空气大声说道。

这时,在一个小山丘边上,他发现了一个宽敞的洞穴入口。靠近后,他感觉全身的血液顿时像冰一样寒冷。

法纳姆从没到过离家乡这么远的地方。自从年轻时在下界发生那次意外后,他便再没出过远门。他喜欢他的家乡,那里舒适、安全,还有他在各行各业的老相识。如果不是为了给动物园找新动物,他才不想离开小镇半步。

法纳姆想为动物园引进更多新奇的动物,因此,如今他每次外出都越走越远。他知道,如果真的想发现稀有动物,自己必须到更远的地方探险,而他也正在为此努力。与此同时,他觉得先在小镇周边的广袤大地上探索应该是个不错的开始。

但探索的目的地包括洞穴吗?老实待在视野开阔、遇到危险时能扭头就跑的地表不可以吗?虽然法纳姆年轻时曾有过去下界的经历,但他并不打算再现那段可怕的经历。

"不管怎么说,"他自言自语道,"洞穴和下界还是不一样的,对吧?我不需要挖地就能进入洞穴。它就在那儿,对外面的世界敞开怀抱。"

他不确定这番话能否说服自己,但有一点可以肯定:他对发现洞穴里未知之物的好奇心正在和自己的恐惧心——对和洞内未知之物相遇的恐惧心鏖战。

他心里虽这么想,双脚却诚实地朝洞口一步步前进。"靠近点也没关系。外面这么阳光明媚、温暖舒适,下界总不会从洞里伸出一只手把我抓走吧?"

尽力说服自己的同时,他焦虑不安地迈开脚,一步步向洞口踱去。仿佛一整天过去后,他才终于站在了洞口前,目不转睛地盯着洞内。

阳光斜射进洞口,照亮了洞内方圆几米的岩地。除了发现洞穴比想象中的大之外,法纳姆什么也看不清。如果想知道洞里有什么，他就必须进去。

他忐忑不安地点燃一根火把，把它高举过头顶，开始小心翼翼地前进。他这才发现，洞穴之深远非火光所能企及。他把耳朵贴在洞壁一侧，努力找寻那些可能来自动物的声音，但能听到的只有远处微弱的滴水声。

他僵在原地。不管心里如何挣扎，他就是不想再往前挪动半步。心脏跳动的砰砰声在他耳中越发响亮，将周围的一切尽数淹没。转身跑回家的强烈冲动刺激着他的内心，他毫无还手之力。

这时，他背后传来了一串脚步声。

# 3

# 远征

法纳姆本能地想逃跑，但背后传来的脚步声意味着他得往洞里狂奔。对被黑暗包围仍心存恐惧的他决定转过身，准备与一切接近他的东西正面对抗。

"是你吗，法纳姆？"熟悉的声音传来，"看在下界的分上，哪阵风把你给吹来这儿了？"

法纳姆不禁发出一串笑声。接近他的既不是苦力怕，也不是骷髅，更不是其他怪物——这种事本就不可能在白天发生，但恐惧让他一时丧失了理智。

来的不是别人，正是他许久未见的老友。"是你呀，格林查德！"法纳姆强忍着开心的泪水向面前的探险家跑去，内心的恐惧烟消云散。

格林查德看着熊抱着他的法纳姆笑道："你这个傻瓜，不是我还能是谁？"

如释重负的法纳姆只顾看着眼前的探险家，没有察觉其他人的存在。

"还有我呢！"格林查德背后传出麦查的声音，她来到格林查德右边，和他俩抱在一起，"能找到你真是太开心了！"

法纳姆后退一步，笑眯眯地看着他们，高兴中夹杂着一丝疑惑："你们找我做什么？"

"这或许要怪我。"格林查德坦白道，"我刚结束冒险回到镇上就想着一定要先和好搭档见见面。"

"于是他来找我，把我拉了出来。"麦查打断道。

"然后我们就来找你了。"格林查德补上了后半句。

法纳姆点点头，很快理解了他们的意思："但我不在家呀！"

格林查德笑了笑："你确实不在家！这可把我给吓坏了，不过麦查她倒是不怎么惊讶。"

"我告诉他，你很在意你的动物园。"麦查解释道，"你一直费尽心力地在小镇周围寻找更多动物。"

格林查德伸长脖子，凝视着四周熟悉的景致："比起待在这儿，如果你想发现一些真正有意思的东西，还得往前走很远。"

法纳姆尴尬地笑了笑。他还沉浸在老友重聚的快乐氛围中，一时间难以接受说他做法不对的评价："其实你们不用来找我的。"

"确实，但我不是一直都有耐心的，"格林查德说道，"而且天色也不早了。"

"这么晚还在镇子外面游荡可不像你的作风。"麦查说道，"我们担心是不是发生什么事情了。"

法纳姆内心闪过一个不好的念头："你们该不会发动其他人来找我了吧？"

麦查拍了拍他的肩膀："别担心，就我们俩。"

格林查德翻了翻白眼。"我告诉她，如果我们俩都找不到你的话，其他人大概率也找不到你。"

如果不是因为对他们的出现感到高兴，法纳姆可能就会因格林查德这种漫不经心的态度而垂头丧气了。小时候，在地下深处迷路时，全镇的人都出来寻找他。那次意外的阴影仍在他心头挥之不去，他最不希望看到的就是镇上居民再对那件事有所议论。

麦查四处探了探头，凝神张望洞内被火把照亮的地方，说："不管怎样，既然我们已经找到了你，那现在就该收拾收拾回去了。立刻动身的话，我们还能在天黑前赶回镇上，我可不想在夜里四处乱逛。"

法纳姆朝格林查德和麦查点头道谢："你俩真是值得我依靠的最好的朋友。"

"那下次我们有需要的时候可别忘了帮助我们！"格林查德咯咯笑道。

讽刺的是，格林查德很少向其他人寻求帮助，他甚至没

### 我的世界 传奇 猪灵归来

有自己的房子。"天当棉被，地当床"是他的日常，他只在必要时才会建一个小的庇护所。他唯一拥有也唯一珍视的东西就是他的剑——他挥剑为那些需要的人提供保护，并以此为生。

格林查德经常一失踪就是几周甚至几个月，但他最后都会回到镇上。每当他回来时，除了故事外，基本两手空空，但那些经历实在惊艳，以至于还没有人对他指指点点。

"我还是搞不懂你们是怎么找到我的。"法纳姆用余光瞥着洞口说道。

"我可是个熟练的追踪者。"格林查德说，"你如果和我一起去野外的话就能体会到这点，而且你留下的踪迹已经有马路那么宽了。"

"那这是什么坏事吗？"

麦查对他微微笑了笑："如果你想被其他人找到的话，那就不算坏事。"

法纳姆回头瞥了一眼洞口，发出一声叹息。他刚才做了那么久的心理准备，好不容易才鼓起勇气想去探索一番，结果现在却不得不打道回府了。

"也许你其实并不想回去？"格林查德问道，眼里带着一丝狡黠，"从你的眼神来看，你想征服这个洞穴，对吧？"

麦查皱起眉头，反对道："你忘了在咱们小时候，法纳姆被困在下界的事了？就是他在下界被黑曜石围困，我们却无能为力的那次。"她同情地看着法纳姆："你那时被困了多久来着？"

"两天。"法纳姆一边说，一边试着不让自己被记忆吞噬，"我那时被困了两天。"

"我觉得远不止两天。"麦查说，"想象一下，被困在伸手不见五指的地底，不知道时间过去了多久，没法儿知道自己能不能逃脱……"

对法纳姆的遭遇深感同情的她放低了声音。

"我没再回想过这件事，"法纳姆说，"因为那个人就是我。你是对的，那种感觉糟透了。"格林查德把手放在剑柄上，哂笑道："那确实是很久前的烦心事了呢。"

法纳姆愣了一会儿。"我现在还是对那件事有些后怕。"察觉到麦查投来同情的目光，他赶紧补充道，"不过也不是一直都这样，只不过刚才又想起来了而已。"

"啊，所以你才不想外出探险哪。"格林查德说。

"挖矿也是！"麦查大声说道——也许有些太大声了，以至于法纳姆和格林查德的目光都集中到了她身上。"盯着我干什么？挖矿可是这世上最棒的事了！他根本不知道自己错过了什么！"

"你真该去试一下。"格林查德对法纳姆说道。

"不要为难他了。"麦查向法纳姆道歉，"对不起，我有时候说话太激动。"

她转身看向格林查德。"你不能体谅他一下吗？你以为他生来就是'宅男'吗？你觉得他为什么不离开小镇去四处闯荡，而是留在镇上开了一家动物园？"

格林查德耸耸肩："我和你经历过千奇百怪的冒险，我们四处游历，我们干着大家交口称赞的好差事。但我还是觉得他确实是个'宅男'，和这附近的人没什么差别。"

法纳姆正想开口争辩，麦查打断了他："这不公平！"

"也许吧……"格林查德显然没被说服，"他在这里裹足不前好几年，就照料着一座所谓的动物园，里面最稀奇的动物在附近随便一个农场里都能找到。"

"等等。"法纳姆说，"也许确实——"

"但这一切都是因为小时候的那件事。"麦查为法纳姆辩解道，"他现在都还在因为那件事心神不宁！你觉得他会放下这一切，然后鼓起深藏内心的一丝勇气，一头撞进未知的世界吗？"

"先停停。"法纳姆生气的声音终于让麦查住了嘴，"是，也许我确实在多年前误入下界的那次事件中受到了打击，也许我确实因此一蹶不振，不敢像你们那样四处游历，但这并不意味着我就是个彻彻底底的废物好吗？"

这时，格林查德和麦查突然发现，法纳姆身上有着待发掘的魅力点，而每一个魅力点都与现在的法纳姆大相径庭。

法纳姆等了一会儿，见两人没有回应，变得更加闷闷不乐。"喂？"他大喊了一声。

"你当然可以探险。"麦查脱口道。

"但这并不取决于我们俩。"格林查德小心翼翼地补充道。

"好，那你说取决于什么？我可是有一个动物园要管，我绝对不当甩手掌柜。"

格林查德皱了皱眉，虽然对这个话题感到些许不适，但他还是打算接下话茬儿。"我们经过这儿的时候，看见你正盯着这个洞穴，但刚才我们和你打招呼的时候，你却吓得魂都快没了。"

法纳姆尴尬得脸上泛起了红晕："什么意思？"

格林查德耸了耸肩："意思是，也许你应该进去看看。"

法纳姆红润的脸颊顷刻间没了血色："你说什么？"

"我们来都来了，"格林查德勉强挤出一丝轻松的微笑，"现在正是大好时机，不是吗？"

法纳姆的脑瓜儿四处寻找着回绝的借口。"我还以为你会说'天色不早了，还是先回去吧'这样的话呢。"

格林查德笑了笑："那是麦查说的呀，不是我说的。"法纳姆看向麦查，寻求她的帮助。麦查咬牙吸了口气，抬头看着天空说道："我会帮你们找一条离开洞穴的捷径——我的意思是，现在其实还不算晚。不过这就要看洞穴有多大，我们想往里面走多深了……"

法纳姆脸上的失望变成了生气："所以说，如果我不到世界上最幽深、最黑暗的地方来一次疯狂的探险的话，我就是个废物咯？永远都是废物？这不公平！"

麦查对法纳姆同情地耸了耸肩："不是这样的，真的不是。不管怎么样，我们都很关心你，法纳姆。"

## 我的世界 传奇 猪灵归来

"我只是很高兴能一回来就遇到你。"虽然格林查德微笑着,希望法纳姆不去在意这件事情,但此刻的法纳姆只想着一等气消就自个儿离开。他很感激朋友们能来找他,但他讨厌被这样对待——尤其当对面是自己的朋友的时候。

往坏处想,法纳姆可以大吼着让他们离自己远点,然后他们就会回到镇上,再也不和他说话;往更坏处想,下次他们仨见面的时候,还会是朋友吗?

他相继看了看面前的两个人。他担心的事情并不会出现,因为他看到的只有充满关爱的、真诚的眼神。

朋友们确实在关心着他。即使不和朋友们一起去,法纳姆也明白,他们会原谅他的。

但他能原谅自己吗?

他的嘴翕动着,上下唇仿佛在打架。最后,他说话了。

"行吧。"他深深叹了口气,用尽全力挤出了这两个字。他知道,说出去的话就像泼出去的水,他再没有反悔的机会。

"行吧?"格林查德有些困惑,思索着法纳姆是不是打算结束他们的友谊,"什么行吧?"法纳姆不禁退缩了一下,做出这个决定已经够艰难的了,难道自己还得向他们解释一番吗?

"行吧,我们出发吧。"法纳姆本想等着对面的朋友们领会他的意思,但他们似乎想了很久都没想明白,"我跟你们一起就是了!"

"你跟我们一起?"格林查德不敢相信自己的耳朵。

"你跟我们一起?"麦查也感到很惊讶。

"对,我跟你们一起!"法纳姆的一部分内心感到如释重负,他终于能和朋友一起经历这样的事情,终于能直面内心盘桓已久的恐惧,终于能再次尝试自己先前不敢去做的事情了。

与此同时,他内心的另一部分在思索:"这个决定究竟会让我面对什么样的未来呢?"

# 4

# 深入

虽然法纳姆不确定朋友们有没有在和他开玩笑,但见到他们一本正经地想让他进入洞穴,他还是感到有些激动。相比法纳姆,他俩可谓见多识广,所以法纳姆有时会因此而感到羞愧。不过,或许现在就是改变现状的第一步。

与此同时,法纳姆也尝试着不去在意内心的惴惴不安,如果最初肯咬咬牙强迫自己进入洞穴,他也不会在洞外浪费这么长时间。现在有朋友们陪着,他觉得自己终于能鼓起勇气去试一试了。

格林查德从背包里拿出一根火把点燃。麦查一边跟着做,一边朝法纳姆投去疑惑的眼神,但法纳姆只是迷茫地看着她,并未明白她的用意。

一番僵持后,她问道:"你没火把吗?"

"哦！"他连忙用最快的速度拿出火把。虽然动作略显笨拙，但他还是很快点燃了火把，得意地把它举到了身前。

这时，他才发现两位朋友已经等自己好一会儿了。他们对视一眼后，格林查德认真地朝麦查点点头："我来带路。"

法纳姆本想开口叫住他，但格林查德早已高举火把大步跨进了洞穴。

法纳姆稍稍犹豫后，便跟在格林查德身后走了进去。进去后，他停下脚步，静静地看着眼前这束摇曳的火光，看它驱散黑暗后会照亮些什么。

以前法纳姆不敢进入洞穴的众多理由之一，是他担心某些危险的动物会在洞穴里定居，把洞穴变成它们的巢穴。

按理来说，法纳姆应当为能给动物园引入特别的新动物而感到高兴，但他一直克服不了可能会被动物攻击致死的恐惧。

"记得留心有没有动物。"他对格林查德说道，"不管是好是坏。"

"好动物和坏动物有什么区别？"

"好动物起码不会想着把你杀了。"

格林查德笑出了声，没有半点害怕的意思："但有了'坏动物'，你的动物园就能增色不少！"这位探险家的话不无道理，危险的动物肯定能勾起人们去动物园的兴趣，但法纳姆并不确定自己是否真的想照顾这些野兽。回报确实诱人，但为此承担高风险真的值得吗？

### 我的世界　传奇　猪灵归来

"所有的动物都有被照顾的价值。"虽然法纳姆不完全反对这个观点,但接纳它也让法纳姆挣扎了好一段时间——尽管接近并研究它们的机会确实十分诱人,但这同样意味着,即使面对的是僵尸和苦力怕,也得一视同仁。

不管如何,眼前的洞穴似乎已经荒废,没有半点生物的痕迹——起码被火把照亮的地方看起来如此。

法纳姆松了口气的同时感到有些失望:"这儿看上去空荡荡的。"跟着法纳姆的麦查用火把指了指洞穴深处:"那就继续往里走吧。"

法纳姆咬咬牙,继续向洞穴深处前进。事实证明,法纳姆的恐惧夸大了探险的难度。现在,格林查德走在队伍前面照亮道路,证明这里确实没有会让人感到害怕的东西。

"看吧?"格林查德咧嘴笑道,"这儿什么也没有。"

这下,法纳姆不得不承认他朋友说的话没错。一直以来,他都任由恐惧支配,而想去探索的广阔世界,却一直被他拒之门外。虽然他还是害怕洞穴,但现在有了朋友,一切都大不一样了。

他们来到洞穴的尽头,想吃掉三人小队的动物并未出现。法纳姆觉得,他们仨就是整个洞穴仅有的活物。

法纳姆顿感如释重负,大口吐着先前屏住的气。最后,他们只在洞穴内一个偏僻角落里发现了一株植物。格林查德马上认出了它:"嘿,快看!是杜鹃花!"

"真是走运。"格林查德补充道,"要知道这玩意儿并不是随处可见的。"

"有什么走运的？"法纳姆单纯地问道。

"杜鹃花的根通常会从一个洞穴出发，向另一个洞穴的方向生长。如果我们跟着它，我们就能在它下面发现另一个新的洞穴。"

一听到要继续向更深的地下前进，要离洞口越来越远，法纳姆的心跳顿时停了一拍。"这是一件好事吗？"

"如果你喜欢探险的话，这确实是一件好事。"格林查德拍了拍法纳姆的肩膀，"虽然我们没在这儿给你的动物园找到动物，但下面的洞穴里说不定就有了呢，只看一眼问题不大的。"

"你确定？"种种不妙的念头在法纳姆脑海里闪过。

格林查德笑了笑："你对任何事都有百分百的把握吗？"

注意到法纳姆神色不佳的麦查走来安慰道："杜鹃花的习性确实如此，它的根会延伸至另一个洞穴——一个没有洞口的洞穴。你也许能在那里找到很棒的东西：金属、矿物，甚至动物。"

法纳姆知道，麦查说可能会发现动物只是为了引诱他，但这也确实勾起了他的兴趣。

"你都已经走这么远了。"她温柔地说道。

法纳姆不情愿地朝她点了点头："那看一看也无妨……"

麦查兴奋地跳了起来，嘴角也露出了笑容。她掏出一把钻石镐："那我就不客气了？"作为一名资深矿工，十分依赖

## 我的世界 传奇 猪灵归来

工具的她为了获得最好的工具,一路上付出过不少心血。

格林查德笑着朝那株杜鹃花摆了摆手:"那请吧。"

法纳姆深吸了一口气。他知道麦查并不需要如此高级的工具来找杜鹃花的根,但不得不说,她使用专业装备的这番举动显得她更像是要动真格的样子了。

她仿佛下一秒就会挖出一座矿井。

而接下来法纳姆要紧随其后。

他不确定自己能否独自完成开辟道路的工作,但如果某天真要这么做,他一定会拒绝,因为独自做这种事还是会让他感到害怕。但他转念一想,起码自己现在还能跟着技能过硬的朋友,一个经验丰富、知道前进目标,而且永远不会把他抛弃在隧道里的朋友。

此刻,麦查在前方开辟道路,法纳姆紧随其后,格林查德殿后。麦查挖开身下长满根须的泥土,沿着杜鹃花的根前进。格林查德轻轻推着法纳姆,好让法纳姆紧跟在麦查身后的同时留给麦查足够的空间挥钻石镐,不然钻石镐就有可能敲中法纳姆了。

不管是有意的还是无意的,他们的前进节奏都让法纳姆感到安心。朋友一前一后的站位仿佛两道屏障,保护他不受任何伤害。也许地下的世界会给他带来各种烦恼,但朋友们会帮他分忧。

看着正在工作的麦查,法纳姆在内心坦言:自己很久以前就希望能和朋友们一起探险,但内心的恐惧一直阻止着他,让他浪费了不少宝贵的时间。

但现在，他至少已经迈出了这一步，正经历着属于自己的冒险。尽管其他人看不到，他还是忍不住露出了笑容。

麦查的钻石镐已经挖到另一个洞穴，此时法纳姆脸上的笑容仍未退去。如果是格林查德，他可能会直接从洞穴入口跳下，但麦查作为挖矿领域的资深人士，并未这么做。她迅速停止了挖掘，将火把伸进挖出的洞口，仔细观察着眼前的洞穴内部。

过了一会儿，麦查说出了观察结果："这个洞穴蛮大的，我一眼望不到头。"

法纳姆忍不住问了一个严肃的问题："那我们怎样才能从这儿下去呢？"

麦查会心一笑："我们很走运，洞穴里的地面离这儿不算远，跳下去还是蛮轻松的。"看到法纳姆怀疑的眼神，麦查决定先打消他的顾虑："我先走一步！"

不等其余两人回应，麦查一跃跳进自己挖出的洞穴，消失在法纳姆和格林查德的视野里。法纳姆努力地把耳朵凑过去，但他一直听不到麦查触地的声音。担心朋友出事的法纳姆冲到洞穴旁，把头伸进洞穴里寻找着麦查的身影。

"麦查！"

一串笑声传来。一会儿后，麦查点燃了火把，抬头看向法纳姆。她正站在一片杜鹃花丛上，花丛枝条蔓延汇聚，仿佛一张软床。"跳下来吧！"她朝法纳姆喊道，"没事的！"

法纳姆往后退了退，花时间做起了心理准备。他害怕格林查德会径直挤开他跳下去，留他一人待在这条隧道里。然而，他转过头只看见格林查德正耐心地等着，示意他放心跳下去。

"我等你。"格林查德说道。

法纳姆朝格林查德点了点头。他扒着洞口慢慢地将身体探入洞穴，直到手臂无法再伸长为止。虽然他觉得自己此时离地面只有几米，但还是选择先吊在洞口沿上，直到手指力气用尽才松开双手，让自己落在下方柔软的花丛上。

落地带来的缓冲感让法纳姆长舒一口气，他不禁偷偷嘲笑自己。过了一会儿后，格林查德落在他身旁，拍了拍他的后背。

"你们快看。"麦查气喘吁吁地说道，"这儿好漂亮！"

听到麦查的话后，法纳姆收起自嘲，看向四周。下一刻，他惊叹不已。

眼前的洞穴和他们刚才停留的洞穴相比硕大无朋。洞壁和洞顶挂满藤蔓，藤蔓上点缀着比他迄今为止见过的还要多的发光浆果。它们如同月光下的波光粼粼，在洞壁和洞顶上闪闪发光。

在他们用于缓冲的杜鹃花丛旁，在崎岖的地面上、拱形的洞顶下，同样遍布着杜鹃花。如果愿意，他们可以从众多的根里任选一条继续探索——尽管选项多得过头了。

法纳姆转向另外两人，向他们道歉，责备自己拖了他们的后腿。他为自己以前为了不出小镇编造了许多借口而感到难过，他早该和他们一起出门探险的。

但是，他们没有注意到法纳姆的这番话，自然也没有想着分担法纳姆的这份烦恼。麦查的内心此刻正被四周的景色占据，她一时间顾不上关心法纳姆，关心他历经挣扎最终克服萦绕心头许久的恐惧的故事，而法纳姆也不忍心打断她的思绪。

于是，法纳姆看向格林查德，发现他脸上挂着灿烂的笑容，正在向法纳姆挥手，示意他好好欣赏四周奇异的景色。

"看吧，我之前怎么和你说来着？"

# 5

# 前行

"我懂。"法纳姆摇了摇头,"我早该做些像这样的事了,对吧?"

"你说得很对。"格林查德脸上的笑意还未散去。

法纳姆环视四周,只见洞穴绵延无尽。"那这儿算不算你们迄今到过的最大的一个洞穴?"

格林查德轻笑了几声:"小巫见大巫罢了。南边有一个洞穴,那儿一条隧道的宽度都是这儿的十倍,就看你信不信。"他尽可能地张开双臂,补充道:"比这儿大多了。"

"那你为什么笑成那样?"

格林查德用舌头舔了舔牙,脸上的笑意更浓了:"毕竟这儿看上去还是很棒的,不是吗?"

法纳姆只能点头同意。

"更重要的是,我能和两个最好的朋友分享这一切。还有比这更好的事吗?"

说完,格林查德便冲进洞穴,黑暗在他的火把下退却,洞内飘荡着他的笑声。

"他在做什么?"法纳姆摇了摇头,"他没事吧?"

麦查笑了:"这可是探险!他最喜欢探险了!"

她调皮地给了法纳姆一个眼神,耸了耸肩,一副"你能拿他怎么办"的样子。笑意盈盈的她追上格林查德,随后便转去其他地方了。

法纳姆犹豫一会儿后,决定像他俩那样出发探索。于是,麦查和格林查德分头行动,而他也独自选了一个方向出发了。

法纳姆内心十分激动,他一时间甚至感觉不到恐惧。除了能看到让人惊讶不已的景色,他还能听见朋友们的笑声在洞内回荡,仿佛他们一直都在陪伴着自己。

没走多远,法纳姆便看见了一条缓缓流动的地下河。他想:也许正是因为流水侵蚀的力量,这座山里才会出现这样一个洞穴。他不禁好奇:这条地下河从哪儿来,它又将流向何处?

他悠闲地在岸边沿着水流的方向走,让水流引导他在洞内穿行。就在这时,他发现了一些东西。

是一群美西螈。

他以前在书上见过这种两栖动物,研究过它们的照片,但他从未目睹过它们的真容。但在见到它们的那一刻,他马上明白了这是什么动物。

它们身形小巧,皮肤湿润,身体厚实,四肢细长;硕大的眼睛仿佛能看透对方的内心,宽宽的嘴巴仿佛一直在微笑。

他对这些小生灵一见钟情。他觉得,自己最起码要带一只回动物园。他把手伸进背包,拿出了一直带在身上以备不时之需的桶。这些年他一直没什么使用桶的机会,他自己有时也会疑惑,自己为什么会带着这么个玩意儿。或许是固执,或许是命运的安排,让他一直将这个桶留在背包里,直到他需要它的时候——现在。

他把桶高举过头顶,直冲向美西螈,脑海里的疑惑顷刻间烟消云散。冲到美西螈旁边的他把桶往下一扣——虽然这群小动物滑溜溜的,但他还是成功抓住了一只,这让他不禁喜出望外。

他把桶举起来,直勾勾地看着美西螈在桶里活蹦乱跳,他的眼睛睁得甚至比美西螈还大;而桶里的美西螈和他面面相觑,不知道该用什么态度来面对眼前这个把它从冰冷河水里捞出来的人。法纳姆被迷得神魂颠倒,他一刻不停地安抚起了美西螈。

"没事的,小家伙。"他用柔和的语气说道,"一切都会没事的,我不会伤害你的。我会把你带回我的动物园,让你吃好喝好,安安心心!"

桶里的美西螈不停挣扎着,仿佛对法纳姆和他的桶还抱有一丝怀疑。但挣扎了一会儿后,它选择了顺从,打算看看眼前的陌生人会把它带到哪儿。

"啊!"法纳姆大喊一声,吓得桶里的美西螈再次挣扎起来。

"你还好吧?"麦查回应道。她的声音不停地在洞壁间回响,以至于法纳姆难以辨别她的位置。

"好得不能再好了!"法纳姆回应道,"这地方太棒了!"

"我就说吧!"和麦查所在位置完全不同的另一个方向传来格林查德的声音,但法纳姆也不敢确定他的位置。

"你们两个到底在哪儿?"麦查好奇地喊道,"这地方确实很棒,但我们也不该就这么走散了!"

格林查德放声大笑:"灵活一点儿嘛!再走远一点儿看看!到时候在进来的那条路上会合就好了!"

这对于法纳姆来说是个很好的消息。他现在很开心,不想听到扫兴的话。不过,他也为麦查对自己的关心感到高兴。

看着桶里游来游去的美西螈,法纳姆欣慰地笑了。他忍不住想,镇上的居民看到它会有多兴奋,它会是动物园的焦点!

这时,河里又有东西吸引了法纳姆的注意。他不确定那东西是什么,只能看到深蓝的河水里泛起的白色亮光,但这已足够激起他想一探究竟的好奇心。他得走近一些。

法纳姆把桶提在身前,沿着河床向地下河的下游走去,寻找着那道若隐若现的光。刚开始,光仿佛在和他捉迷藏,他只能看到湍急的河水泛起阵阵涟漪。

下一刻，光变得更加耀眼，映入他的眼帘。一只几乎全身散发着白光的动物把头探出水面，随后再次潜入水中。

眼前这个景象让法纳姆屏住了呼吸。他顿时意识到自己发现了什么：一件几乎不可能发生的事情被他遇上了。

那是一只发光美西螈。

因为长期居住在暗无天日的洞穴内，一些动物失去了原本沉积在体内的色素，这导致它们的肤色变为幽幽的雪白，和法纳姆发现的动物的肤色一致。

大部分美西螈肤色明亮且长期稳定不变。法纳姆曾在生物书上读到，肤色闪亮白皙的发光美西螈非常少见。一想到这样的生物他触手可及，他的心脏就止不住地狂跳。

他反应过来，自己一不留神又屏住了呼吸。他惊讶地吸了一大口气，然后开始朝那只发光美西螈出没的地方靠近，希望能再次看见它的身影。

他一边挪动身体，一边拿出另一个桶。他不确定自己能否扛着两只美西螈返回地面，但这些都是后话了。

也许麦查会帮他运送他刚抓到的那只美西螈。法纳姆相信，如果自己能成功地抓到一只发光美西螈，在安全返回动物园之前，他都不会让它离开自己身边。

但他得先抓到它。

他来到发光美西螈刚才探出头的地方，并没有发现它的踪迹。这在他的预料之内：它潜入了河水深处，水流将它带走了。他不得不继续向下游寻找。

他眯起眼睛盯着河水,直到河水映出他的倒影,但他还是一无所获,只能看到水面反射的火把的光。他想起来,在黑暗的环境里更容易发现这种稀有的美西螈,于是他熄灭了火把。

他的双眼很快适应了黑暗,藤蔓上挂满的发光浆果发出柔和的光芒。熄灭火把似乎起了些作用,但这还不够。

他决定下到河里好好看看。清洌的河水漫过岩石,他能清晰地看到水面下的一切,仿佛水面就是一大块玻璃。

但是,发光浆果在水面上的反光让他难以辨认远处的东西,于是他决定再试一次。他深吸了一口气,一头扎进了水中。

冰冷的河水让法纳姆倍感刺激,他肺里的空气几乎被尽数排出,但他还是设法控制住了自己。他让自己的防水背包浮在水面,这样他便能更轻松地抓着装满水的桶,不让它沉到水面以下。

法纳姆透过冰冷的河水往下游看去。他看到了!它就在那里,如同白昼般明亮——是发光美西螈!

这只雪白的生物似乎并未注意到法纳姆的存在。也许是因为这里捕食者很少,它不需要一直保持警惕,所以即使它已经看到了法纳姆,它也没怎么在意。

法纳姆决定利用好这个优势。他浮出水面吸了口新鲜空气,然后一头扎进水中,向这只发光美西螈游去。

越来越近了,法纳姆下定决心一定要抓住它,这将是一次大发现!

  但顷刻间,发光美西螈消失得无影无踪。法纳姆感到十分困惑,于是他更加用力地向前游,希望它只是在河里拐了个弯。

  某种程度上,它确实"拐了个弯"。

  法纳姆以为它只会向左或向右拐,以至于忘记了考虑其他情况。他以最快的速度向前游去,他下定决心,决不让这只发光美西螈逃跑。

  所以,他游到最后一刻才意识到,河流尽头是一座地下瀑布。

# 6

# 自救

没等法纳姆反应过来,水流便变得十分湍急,仿佛一个巨人般拽着他向前移动。他转过身试着往反方向游,但已无济于事。

绝望的法纳姆松开了装着美西螈的桶。抓住稀有动物对他和动物园来说确实十分珍贵,但如果他不能活着回家,即使抓再多也没有一点儿用。

法纳姆用尽全力逆流而上,但迎接他的只有越来越湍急的水流,推着他以越来越快的速度冲向瀑布。法纳姆吓坏了,他挣扎着浮出水面,大口地呼吸。他转身一看,只见河道洞穴顶部的岩壁开始下拐,朝他头上冲来,很快他就没法儿浮出水面了。

"救命!"他声嘶力竭地喊道,"快来救我!"

话音刚落,他便被卷入了水下。他知道呼救成功的可能性微乎其微,朋友们会因为洞里的回声而分不清他的位置。

一切都为时已晚。

虽然十分慌张,但他清楚,自己目前唯一能做的便是顺着水流游动。于是,他决定转过身和水流同向游动。体内存储的氧气有限,他并不想浪费这宝贵的资源。

他只希望水流能带着他尽快流入其他洞穴,尽快给他再次露出水面的机会,不然等待他的只有被淹死的结局。

他刚转过身,便觉身体一沉:他已经坠入瀑布。如果在水里能出声,他肯定会从头尖叫到尾。

他只能根据下降速度是否变慢来判断自己是否来到了瀑布底。高处的水流无情地冲击着他,他动弹不得。

筋疲力尽的他面对大自然的力量无能为力,他唯一能做的只有顺其自然。

水流带着他往瀑布底猛冲,他撞到了瀑布底的岩石上,但在水流强大冲击力的作用下,岩石把他弹了出去。这次撞击让他身上"挂了彩",但他也因此远离了瀑布中心和瀑布底。

不一会儿,水面出现一串气泡,法纳姆像鱼一样从水下一跃而出。他大口呼吸着空气,仿佛正在饕餮珍馐佳肴。待眼睛适应了黑暗,他才发现自己已经来到了另一个洞穴。

高悬的洞顶下同样长满了藤蔓和发光浆果。就目前来看,这儿和上一个洞穴很像,只是植被稀疏了一些;河流在这儿变得更加宽阔,河水也放慢了它的脚步。

顺水漂了一会儿后，法纳姆的呼吸渐渐平稳，心跳也开始变得正常。他试着用脚探了探，发现能碰到河底，甚至站起来似乎也没什么问题。

他站直身体，发现河水只没过他的腰。他看向河流上游，重新打量起这个洞穴。

洞穴的大部分被河水填充，如果洞顶离河面不够高，法纳姆很可能已经淹死在这里了。借着发光浆果的光，他在河流左岸发现了一小块干燥的陆地。

他留心躲过水里的暗坑和其他危险的地貌，朝那一小块陆地前进。他一边前进，一边寻找发光美西螈，但仍旧一无所获。

他的心情跌落到了谷底。他虽然很庆幸自己经历这些后还没丢掉小命，但如果能找到那只雪白的发光美西螈，刚才吃的那些苦就不算什么。

然而，当他登上这块陆地时，他发现了自己之前抓到的那只美西螈。它仍待在先前的那个桶里，一切如常。它一会儿游来游去，一会儿像在河边晒太阳一样在水面上舒展四肢。

法纳姆坐在桶旁，伸出手想抚摸美西螈。美西螈主动抬头贴着他的手，一丝欣喜随即涌上他的心头。

虽然他不想失去美西螈，但如果他走不出洞穴，让它待在桶里也没有多大意义；而且，他也不想让美西螈在自己遇到意外时还被困在桶里。他倒出桶里的水，把美西螈放了出来。

美西螈盯着他看了一会儿后便缓缓爬了过来。它抬起头，似乎在请求得到更多的抚摸，法纳姆高兴地答应了它的请求。

"别担心。"他对美西螈说道,"我们很快就能从这儿出去了。"

他看了看四周:"就是不知道怎么才能出去。"

美西螈似乎被摸得舒服了,转身开始独自探索这片新天地。疲惫的法纳姆还没准备好面对困境,他呆呆地看着它漫无目的地爬行,目送它前往陆地的另一头。

这时,美西螈附近的东西吸引了法纳姆的注意。起初,他还不确定这是什么,只觉得它是某个规整高大的、黑得不能再黑的、有点儿像门的矩形物体。

但是,这种地方怎么可能会有门?

法纳姆好奇地站起身,跟跟跄跄地走向那黑色的矩形物体。走近后他才注意到,陆地上的这个东西像是某种门框。但这个东西周围既没有墙,洞穴的岩壁也不和它相连,框内更是空无一物。

他不明白,为什么会有人把这个东西放在这种地方,也不清楚它的用途。难道它只是一件艺术品?或者说它曾经是某个建筑的一部分?

眼前这个像门框一样的东西完全由黑曜石制成,自带一种神秘感。法纳姆朝门框后的洞壁上看去,看到的东西更让他感到一头雾水。

门框后的洞壁上写满了某种符号,仿佛一幅巨大的壁画。他看不懂上面写的内容,甚至不知道它们是不是字母。他仔细观察了一会儿,发现其中一部分符号像某种粗糙的图案。

他从未见过这样的东西。尽管他现在被困在地下洞穴的深处，还和朋友们失去联系，但他还是想好好看一看。不过，只靠发光浆果的光还不够，他需要更亮的光源。

法纳姆的肚子咕咕地叫了起来，仿佛在提醒他还有比找光源更重要的事情。这时，仍然浑身湿漉漉的他想到了个"一箭多雕"的办法。

法纳姆从背包里翻出几块原木、几根木棍和一块煤炭。他把它们堆到一起，准备生起一堆篝火。虽然这些东西和他一同经历了瀑布的"洗礼"，但他经过一番检查后发现，它们还维持着干燥的状态。他不得不承认，自己今天实在太走运了。

他把手伸进背包深处，取出了打火石。他虽不像朋友们那样经验丰富，但还是知道基础用法的——只要用力摩擦，打火石就能生出点燃篝火的火花。简直是小菜一碟！

他试着摩擦了几下，但什么也没有出现。打火石虽然闪现出了火花，但火花还没有和木柴接触就熄灭了。

他决定手脚并用，相信这样便能产生足够的火花。于是他跪在古怪的门框旁边，开始不停地摩擦打火石。

不久后，篝火被点燃了。熊熊燃烧的篝火散发着光和热，洞内慢慢变得舒适起来。他点燃一根火把，想抬起头好好看看这些壁画，但他依旧什么也没看懂。

他把火把放在门框旁，准备从背包里翻出做饭用的材料。下一刻，他看见门框开始发光，门框里出现了一个个深邃的紫色旋涡。

## 7

# 反目

"最后的最后,你还是让我失望了,克里滕!"邦菇斯猛地从被称为"王座"的粗制石椅上起身,抓起金斧就挥了起来,"这次没有借口了!留给你的只有死路一条!"

克里滕畏缩着朝房间后面退去。虽然邦菇斯不太可能砍向它最重要的军师之一并把它剁成肉泥,但它以前也没少做各种奇怪的事情,将脾气控制在合理限度内并非它的强项。

"您吩咐的所有事情我都做了!能想到的我也做了!但它们都不起作用啊!"

"所以你已经没用了!赶紧给我消失,不要再回来了!"

想到自己被赶出堡垒后不得不独自在下界生存,克里滕不禁脸色煞白:"您还不如现在就把我处理了!这可比孤身在下界荒地流浪轻松痛快多了!"

邦菇斯举起金斧朝克里滕走去，克里滕被迫在墙角缩成一团。随着邦菇斯越走越近，克里滕不停地看向出口处的守卫，计划着逃跑的方法。

实际情况是，守卫根本没有看它们。守卫害怕被邦菇斯的怒火波及，正强忍着不把视线投向邦菇斯和克里滕这边。

"那就来呀！"邦菇斯说道，"我现在就能帮你解决生存问题！"

一般情况下，克里滕只需要原地不动，耐心忍受邦菇斯发脾气即可。但邦菇斯这回明显怒不可遏，如果克里滕想活下来，它就必须逃跑——现在、立刻、马上！

于是，克里滕做了件出乎邦菇斯预料的事：它径直冲向邦菇斯，对着这只大块头猪灵的膝盖狠踢了一脚。

邦菇斯扔下金斧，抱着膝盖痛苦地嚎叫起来。从门口冲进来查看情况的守卫看到在地上缩成一团嗷嗷叫的邦菇斯，连忙凑了过去，看看能帮它做些什么。

克里滕趁机溜出了堡垒。不一会儿，它又穿过门廊回到堡垒，四处寻找藏身之处。

王座室传来一声警戒的吼叫，仿佛在告诉克里滕堡垒内已无安全之处。一旦它们找到克里滕，它便只能希望自己不会在堡垒最高的那座塔上迎来自由落体的结局。

尽管克里滕很不想承认，但为了活命，它的最佳选择只剩下靠着自己的力量从前门离开堡垒。被放逐到下界自生自灭已经宛如噩梦，如果还不得不拖着断掉的双腿，那就不是噩梦，而是噩兆了。

克里滕蹑手蹑脚地穿过大厅，偷走了几乎所有会对独自生存有帮助的东西：必备的食物、能赶走疣猪兽的诡异真菌、对克里滕这般聪明的猪灵来说大有用处的地狱疣、装满黄金的沉重麻袋，以及从乌格布私人收藏里顺来的一把金斧。

即使克里滕耍金斧的技艺并不精湛。

克里滕凭借着自己的聪明才智在一众猪灵中鹤立鸡群。在它眼里，绝大部分猪灵只关心权力，只会靠蛮力和阴险的手段相互欺辱，对厮杀到最后的佼佼者言听计从，直到佼佼者被更强的猪灵推翻。

猪灵"武力至上"的信条并不适用于克里滕：它不仅身材矮小，连猪灵最常用的弩都用不好。这些不利条件断绝了它以"力"服人的可能，它能依靠的只有"头脑"。所以它殚精竭虑地学习并运用知识，将自己的才智磨炼得比任何一把剑都锋利。

它的行事策略无懈可击——但这在今天画上了句号。

克里滕没法儿靠武力使唤其他猪灵，所以它决定寻找一只强大的猪灵做靠山。在克里滕发现邦菇斯前，邦菇斯除了欺负其他猪灵并夺走食物外，毫无理想和追求。在克里滕的点拨下，邦菇斯摇身一变，从"恶霸"变成了堡垒里猪灵们的首领。

很长一段时间以来，邦菇斯都很感谢克里滕的帮助。邦菇斯知道，如果没有克里滕这样聪明的军师，自己就不可能走到今天。但现在，对于已经成为首领的邦菇斯而言，和其他情谊相比，巩固权力和地位成了重中之重，它对克里滕的感激之情也被飞速地损耗着。

渐渐地，邦菇斯的感激转变成了疑虑，现在又进一步转变成了完全的敌意。

克里滕并未因此责怪邦菇斯。克里滕只责怪自己为什么没早想到这一步，它早该预料到这种事会发生，在预料变为现实前就该想办法阻止，或是在此之前让其他猪灵取代邦菇斯首领的位置。

不过，克里滕觉得责任不全在自己身上。还有一个猪灵要为邦菇斯这一糟糕的变化负责，它就是乌格布。

作为邦菇斯的"二把手"，乌格布没少向邦菇斯说克里滕的坏话。显然，乌格布想取代邦菇斯成为堡垒的统治者，而克里滕是它前进路上的拦路虎。于是，乌格布在帮邦菇斯处理隐患和下属的不满时，将这些问题都归咎于克里滕，即使克里滕本不应承担任何过错。

不幸的是，克里滕并未及时察觉这一点并阻止乌格布。克里滕想知道，乌格布是否比看上去要聪明得多。也许乌格布对读书一窍不通，但在诡计权谋上它肯定不落下风。

克里滕不得不重新思考解决这些麻烦的方法——前提是自己先能活下来。

克里滕带上所有能带的东西，或者说必需品，朝堡垒前门走去。邦菇斯的咆哮声仍在大厅回荡，想去王座室查看骚乱源头的猪灵和克里滕擦肩而过,克里滕畅通无阻。

直到克里滕来到门前。

乌格布正站在门前等着克里滕,身材魁梧的它双手抱肘,将克里滕的去路堵得严严实实。看见克里滕时,它讥讽道:"你想去哪儿啊?"

"我只是在执行命令!"克里滕撒谎道,它庆幸自己提前把乌格布的金斧收进了包裹,"我没能帮威武的邦菇斯大帝解决它的问题,所以我现在被赶出堡垒了!"

乌格布上下打量着克里滕,拨弄它身上带着的东西:"于是邦菇斯给了你这些装备作为饯行礼?"

克里滕哼了一声,向乌格布暗示此举正是邦菇斯所为,因为只有这样邦菇斯才能彻底甩掉它:"你觉得我是那种随随便便就走的猪灵吗?即使是邦菇斯大帝也不会随随便便把自己绝口不提的秘密告诉我吧?也许大帝现在确实很讨厌我,但这并不代表它不尊重我!"

乌格布抬了抬眉毛,不情愿地表达了些许敬意:"没想到你也有两把刷子!"

"我身上让你惊讶的东西还多着呢!"

克里滕推了推乌格布,乌格布随即站到一旁。克里滕不确定,乌格布的这番举动究竟是出于恐惧、尊重,还是赢得这场关于邦菇斯内心地位的竞争后的释然。

不管怎么说,乌格布现在已经让开了道路。克里滕大步走出堡垒,仿佛堡垒早已是它的地盘,现在只是暂时让其他猪灵保管，它总有一天会拿回来。

随后，堡垒顶上传来了克里滕离开邦菇斯的真相："克里滕在哪儿？赶快拦住它！邦菇斯大帝要亲自要它的命！"

克里滕撒腿就跑，仿佛自己这辈子再也不会停下脚步一般，它甚至来不及回头瞥一眼乌格布的表情。

## 8

# 逃难

克里滕冲出堡垒的那一刻,箭矢纷纷从城墙上射出,落在它身边。不知是对面故意为之还是克里滕走运,克里滕毫发无损——虽然其中一支飞箭还是给它的包裹开了一个洞。

克里滕不打算躲避飞箭,不管怎么说,这都是不可能做到的事。它只能低下头,鼻子朝前,两条腿能跑多快跑多快。

这不是克里滕第一次希望自己的体形能变大一些。有个聪明的大脑确实很棒,但此时的克里滕更愿意拿它换一双能跑得飞快的大长腿。

克里滕如果继续和其他猪灵待在堡垒里,形势只会变糟,但它也害怕在堡垒外的下界形单影只,或者说,逃出飞箭的射程范围后才是恐惧的开始。

克里滕需要尽快找到能作为庇护的地方。这不单是为了躲避邦菇斯手下的追杀——下界的怪物不计其数，克里滕一旦遇上就难逃一死，从一开始便躲避它们的视线是最佳的应对方法。

邦菇斯的堡垒，或者说，邦菇斯在克里滕的协助下占领的堡垒，是这附近最好的堡垒之一。堡垒坐落在绯红森林内部，和下界荒地相比能提供更多掩护。森林里遍布高耸的绯红真菌，这为克里滕躲避飞箭提供了绝佳的环境；高挂在绯红真菌上的菌光体发出柔和的光芒，使克里滕得以在弥漫暗红色迷雾的森林里辨认方向。它唯一需要注意的，便是确保那些巨大的绯红真菌后没有藏着会突然扑向自己的东西。

幸好，克里滕早已摸清堡垒周围的情况。当时克里滕想的是发现堡垒周围的安全隐患，好让其他猪灵去排除。不过，克里滕也一直在谋划着逃跑路线，这样，即使堡垒里有什么不妙的势头，它也能全身而退。

令克里滕羞愧的是，它没想到邦菇斯真的会和自己反目成仇。毕竟是它一手策划了邦菇斯的崛起，邦菇斯需要克里滕这样的军师，不然它就会变成无头苍蝇。

不过，似乎邦菇斯并不这么认为，难道不是吗？

也许克里滕抑制了以邦菇斯为首的猪灵的本性。它们在堡垒里养尊处优太久，已经觉得自己身处其他猪灵之上是理所当然的了。它们只顾寻找堡垒外的威胁，却对堡垒内的威胁视而不见。

好在克里滕几个月前便发现了一个不错的藏身之处，那

## 我的世界　传奇　猪灵归来

儿既不在堡垒的势力范围内，也能为防御猪灵以外的其他威胁提供一些助力。现在，它只需要成功到达那儿就可以了。

做到这件事应该不难。堡垒的骚乱吸引了附近其他怪物的注意，它们不约而同地来到堡垒附近，想看看具体发生了什么。在长期的经验积累下，怪物自然会识趣地待在飞箭射程范围外，但城墙上总会有那么几个猪灵想射上几箭碰碰运气。

这正中克里滕下怀。趁城墙上的猪灵分心的时机，克里滕赶忙寻找那个藏身之处，希望它还好好地在那儿。克里滕来到一个被巨型真菌菌柄围起来的地洞前，然后跳了下去。在确认没有其他动物把这里作为它们的巢穴后，克里滕如释重负地松了口气。

克里滕紧绷的神经放松下来，清楚感受到了自己正在疯狂跳动的心脏，仿佛它下一秒就会跳出胸口。刚才慌里慌张的克里滕，脑袋里除了担心即将到来的死亡之外一片空白，光是保持头脑清醒便已让它疲惫不堪。它一边不停提醒自己"只是稍微休息一会儿"，一边闭上了双眼。

克里滕一边躺在顺来的装备里休息，一边计划着下一步行动。待在洞穴里生活并非长久之计，自己迟早会因为缺少食物和水被迫外出。当那一天到来时，它至少得有个能去的地方。

克里滕知道下界住着其他猪灵，其中一部分还有它们自己的堡垒。在四处游荡的巨型怪物的摧残下，这些堡垒尚未变为废墟，也许克里滕能在其中找到一个愿意收留它的堡垒。

这一带的大部分猪灵，特别是猪灵首领，对克里滕是邦菇斯军师的事情有所耳闻。克里滕思索，自己在这种情况下还能否从它们那儿换取些许善意。

克里滕不相信这些猪灵会大发慈悲，因为它们的字典里从来就不存在"善良"一词。克里滕必须给它们一些有价值的东西作为回报，比如堆积成山的黄金，然后这些猪灵就会把黄金尽数占有。

目前，离克里滕最近的猪灵族群喜欢搭建简陋的建筑，然后看着那些建筑倒塌。虽然克里滕能帮它们加固建筑，但它不确定族群里的猪灵会不会感谢它的好意。

下一个离克里滕较近的族群对绯红森林里的巨型真菌十分狂热，狂热到几乎形成一种信仰。不幸的是，这种信仰的教条之一便是从不打理自己，嗅觉敏锐的克里滕无法忍受这种刺激。

另一个离克里滕较近的族群选择四海为家，如同游牧民族般骑着疣猪兽穿行在下界的森林之间，唯一的问题是如何找到它们。等找到它们的时候，估计克里滕自己都会习惯这种背着屋子到处跑的游牧生活了。

猪灵是贪婪的动物，但看到克里滕时，它们便会明白这名前任军师的处境有多绝望。克里滕临走前从邦菇斯那儿拿走的东西少得可怜，它带的黄金或许能吸引几个猪灵帮它求情，但如果想要一处安身之地的话，这点黄金只是杯水车薪。

它得向邦菇斯的竞争者提供更多东西。

比如关于邦菇斯本人的情报！

克里滕对邦菇斯了如指掌：它的强项、它的弱点，它的堡垒每一处隐秘的角落。如果哪个首领想攻打邦菇斯的堡垒并把它据为己有，克里滕提供的情报将是无价之宝。等到那时，克里滕能给它们的就不止一袋黄金了，它还能分毫不差地献上邦菇斯的所有财宝。

克里滕如果能将这些信息作为谈判筹码，然后就有可能成为它们的军师，这样就能重新拥有和在邦菇斯麾下时一样的权力和地位；然后克里滕便能靠自己的努力和权谋重新夺回属于自己的东西。唯一不同的是，统治者将不再是邦菇斯。

这一次，克里滕不会再犯同样的错误。它会对那些不正苗头留一个心眼，它会想方设法不让其他猪灵再次夺走自己的位置。

接下来要做的，就是找到合适的猪灵来实现计划了……

带着对未来的美好设想，它不禁打了个盹。

不一会儿，不知谁抓着克里滕的衣服，把它拖出了藏身的洞穴。克里滕睁开了双眼。

来者将克里滕扔向将洞口严严实实掩藏起来的巨石，随之而来的撞击让克里滕喘不过气。栽倒在土里的克里滕挣扎着呼吸时，对方也从巨石上一跃而过，跳到它面前。对方的身形若隐若现，身躯遮蔽穹宇。

是乌格布，而且难掩自己得意的笑容。

乌格布俯身看向克里滕，一根粗壮的手指直抵克里滕胸膛："你觉得自己很聪明，是吗？觉得自己比其他猪灵聪明，比邦菇斯大帝聪明，甚至比我聪明！"

"我不是那个意思，等等——"

乌格布毫不理会，继续说道："也许你说得对！但你也是个十足的笨蛋！你如果很聪明的话，早该逃得远远的，而不是傻傻地躲在这儿！"

"求你了！"

克里滕还想说些什么，但乌格布已经粗暴地把它抓了起来，一边拖着它一边大骂："你如果聪明，就不会留下痕迹把我带到这儿！也不会弱到让我轻而易举地把你拖回去！"

克里滕不觉得乌格布是经验丰富的追踪者，毕竟乌格布以前光是学会绕堡垒一圈就学了很久。出乎克里滕意料的是，这次乌格布居然会离开堡垒来抓自己，而且还成功了。

"但你是怎么——"

不等克里滕说完，乌格布便让它来了个倒立，用行动给出了回答。头朝地的克里滕看见，地上的地狱疣连成了一条长长的线，直指它的藏身之处。

克里滕没能理解为什么会出现这样一条线。是它遗漏了什么吗？它觉得自己已经做足了万全的措施，绝对不会粗心大意地留下这么一条"尾巴"。

随着地狱疣从克里滕有破洞的包裹里掉到它脸上，它终于明白了原因。

在克里滕逃离堡垒时，那支射中它包裹的飞箭也刺破了包裹里面装着地狱疣的袋子。于是地狱疣顺着破洞撒在了它逃跑的路线上，留下了即使是乌格布这种"榆木"脑袋都能发现的痕迹。

没及时发现纰漏的克里滕恨不得给自己的脑袋来上一拳，但它现在身不由己。乌格布注意到了克里滕脸上震惊的表情，一把抓住克里滕的脚踝，大笑着将它甩到身后拖在地上前进，恨不得让克里滕的脑袋撞遍森林里所有的岩石、土包和倒下的菌柄——而乌格布本人倒是对施行这番"特殊关照"乐此不疲。

"你这个笨蛋！"乌格布说道，"你错就错在太聪明了！和我们这些猪灵相比，你或许确实是个天才，但你还是高估了自己的脑袋，真是能笑死猪灵！"

乌格布放声大笑。一直被地面磕到头的克里滕使不出任何力气回应，只能放任这串可怕的笑声灌入自己的耳朵。

不知过了多久，乌格布突然停了下来。"到这儿就行了！""怎么了？"被地面"虐待"好一阵的克里滕此时神志不清，"这是哪儿？"从周围环境来看，这儿并非堡垒或其他什么地方。克里滕本以为乌格布会把自己交由邦菇斯处置，到那时候，即使自己身首异处也不足为奇。毕竟，如果邦菇斯只想把它赶出堡垒，那它逃跑的举动实际上已经达到邦菇斯的目的。

"你想通过安抚邦菇斯来让自己幸免于难?做梦!"乌格布说道,"你逃避的惩罚已经够多的了!想逃?门都没有!"

与此同时,乌格布将克里滕高举过头顶。克里滕低头一看,只见乌格布正站在绯红森林边缘的一个深坑旁,远处便是辽阔到令人不寒而栗的下界荒地。虽然黑暗吞噬了坑底,但这个高度足够让失足跌入坑中的任何一个猪灵一命呜呼,即将被扔进去的克里滕则更是死路一条!

"今天,就是这一切结束的日子!"乌格布说道,"消失吧!"

"不!"克里滕喊道,"不、不、不!"

喊声和它一起向坑底坠落。

# 9

# 寻找传送门

克里滕不知道自己晕了多久，它只知道周围一片漆黑。在几乎被炽热熔岩照亮的下界，黑暗的存在实属罕见。

克里滕用胳膊撑起身体，环视四周。它只记得自己被扔进一个深坑，下落时耳边还回荡着乌格布瘆人的狂笑声。

不可思议的是，它还活着。克里滕本觉得自己必死无疑，但现在却奇迹般活了下来。它决定花点时间确认伤势，同时预判一下自己能否独自爬出深坑——如果这儿确实是个深坑的话。

克里滕一看，自己身上不仅多了一堆肿块和擦伤，后脑勺儿还鼓起一个大包。尽管全身遍布伤痕，但它很高兴自己的身体还没有被摔散架。

不仅如此，克里滕还惊讶地发现自己碰巧落在了一只动物身上，它减缓了克里滕坠落的冲击力。这样看来，刚才的不幸遭遇反而救了克里滕一命。

不过，克里滕身下的动物可能就没那么幸运了。克里滕从它身上滚下来，想看看它是不是还活着。令克里滕惊讶的是，这只神秘的动物居然还有呼吸。

克里滕抬起头，看到了高悬头顶的坑缘，想必乌格布就是从那儿把自己扔下来的。坑底黯淡无光，克里滕只好眯着眼睛观察周围的情况。

幸运的是，乌格布把克里滕扔进坑前并未卸下它的包裹，包裹在随克里滕坠落时飞了出去，落在了离它几米远的地上。

克里滕爬到包裹旁，取出并点亮了一个提灯。这时它才发现，比起深坑，这儿更像一个洞穴，只是洞壁相隔太远，以至于肉眼无法看清。除了克里滕撞上的那只动物外，附近空无一物。

克里滕回到动物身边，这时它才认出这是一只炽足兽。猪灵很喜欢炽足兽，因为它是下界里唯一没有杀心的温顺物种。除此之外，你还能爬上炽足兽的背，让它载着你行走，甚至穿越滚烫的熔岩。最重要的是，炽足兽身上会时不时掉落某种纤维，猪灵可以用它制作弩或其他称手的武器。

克里滕不知道炽足兽独自出现在这儿的原因。它有可能是自己不小心摔下来的，也有可能是被乌格布提前抓来试试这个坑的深度的。

不管怎么说，克里滕十分感激这只炽足兽救了自己一命，

## 我的世界 传奇 猪灵归来

也为自己粗暴地落在它身上伤害了它感到抱歉。克里滕思考自己应该如何报答它——试着治疗它的伤势或许是个不错的选择。

但首先,克里滕得想办法离开这里,不然它迟早会死在炽足兽身旁。

克里滕站起来,痛感传遍全身。它高举提灯,只见眼前岩壁高耸陡峭,似乎找不出一条好走的路。把这儿作为自己被饿死的地方简直糟透了。

克里滕来到其中一面岩壁前,决定沿着岩壁深入黑暗中探索。走着走着,它注意到前方岩壁向左拐了个弯,拐角尽头散发着紫色的光芒。

克里滕不想打草惊蛇。它熄灭了提灯,让自己的眼睛适应黑暗。它从未想过这里会有光,所以它尽可能蹑手蹑脚地前进。

走近后,它听见拐角另一边传来声音。虽然听不清,但克里滕觉得像是谁在自言自语。

克里滕往拐角另一边看去,眼前的景象让它下意识憋住了自己惊讶的喘息,不然它肯定会暴露自己的——紫色光芒的来源是一扇黑曜石传送门!

虽然克里滕以前见过这样的传送门,但它们都只是光秃秃地杵在那儿,等待着谁来激活它们,像这样被激活的传送门克里滕还是第一次见到。

一些怪物,包括一部分猪灵,喜欢在传送门附近徘徊,等待传送门亮起的时刻,这样它们就能对从传送门另一边过来的东西发起攻击。但一直忙于处理其他事务的克里滕从不寄希望于这种巧合。听说激活的传送门通向一个与克里滕所熟知的下界大相径庭的新世界,但它觉得这听上去像愚蠢可笑的幻想。

但现在,它的眼前就有一扇被激活的传送门,而且门前还站着什么东西!

克里滕看到传送门的同时便意识到这是一个机会。尽管一时难以相信,但乌格布把克里滕扔下来着实是帮了它大忙,它可要好好利用这个机会。

克里滕打算放弃军师之位了吗?邦菇斯是这样想的,但克里滕自己不这样想。它会投靠其他猪灵,成为它们的军师,或是利用它们让自己成为堡垒的统治者。

但它得先知道门路。乌格布说得对,虽然克里滕天资聪颖,但只靠智谋不足以让它收获权力。在争夺权力方面,蛮力通常更管用。

克里滕从包裹里拿出从乌格布那儿偷来的金斧,尽可能轻手轻脚地朝门前那个孤独的身影走去。它屏住呼吸,脚步悄无声息。克里滕很惊讶,自己的心跳声这么剧烈,但站在门前盯着传送门内紫色旋涡的身影却像没听到一样。

他甚至背对着克里滕!它不敢相信,自己的运气居然这么好!

正当克里滕快要走到他背后时,对方转过身来,朝它露

### 我的世界　传奇　猪灵归来

出了两排牙。

机会转瞬即逝,克里滕决定先下手为强。它一跃而起,将对方打倒在地。

克里滕并非战斗的好手,和乌格布、邦菇斯这种猪灵蛮兵相比更是相形见绌。所以,当对面三两下便被打倒时,克里滕感到十分震惊。它爬上对方的身体,将斧刃对准他的喉咙。

如果克里滕是一个合格的猪灵战士,它会干脆利落地杀死敌人,然后对敌人身上的财物洗劫一空,但克里滕从没伤害过其他活物,杀生更是毫无经验。它迟疑了。

这时,它才发现自己的袭击对象并非猪灵,而是一个来自主世界的人。

## 10

# 一桩交易

受惊的主世界人高举双手,卑微地叫了一声,这也许是克里滕听过的最不具威胁性的声音。以防万一,克里滕仍将金斧架在他的脖子上,喊道:"你是谁?你在这儿做什么?说!"

对方发出呜咽声,嘴里蹦出一连串克里滕听不懂的句子。据克里滕所知,有史以来从未有过猪灵和主世界人成功交流的例子,但这似乎并不影响面前这个受惊的主世界人试着和它交流。

克里滕没怎么研究过主世界人,它只知道他们分为两种。第一种是十分强大的主世界人,他们在下界横冲直撞,随心所欲地搜刮,击倒所有拦路的怪物。

猪灵们对此感同身受。如果猪灵也能像他们一样所向披靡，它们会做出一样的事情。唯一不同的是，猪灵为自己做不到这一点感到十分嫉妒，而这种嫉妒通常会演变成愤怒。

第二种便是"菜鸟"，他们稀里糊涂地穿过传送门来到了下界，然后又很快被下界凶猛的怪物淹没。多数情况下，这种主世界人死前都没能和猪灵见上一面。很明显，克里滕斧下的这个人属于后者。

绝大部分的主世界"菜鸟"在下界停留的时间不长，这导致能从他们身上获取的信息并不多。他们要么在几分钟内命丧下界，要么转眼间逃之夭夭。

或许是因为眼前这个主世界人看上去十分可怜，又或许是因为克里滕刚才也处在生死存亡的关头，它不禁对他产生了些许同情。与此同时，克里滕也在想，他或许能帮自己离开这个坑。克里滕决定先不结束他的生命，于是它从主世界人的身上爬下来，往后退了几步。

但克里滕还不怎么信任他。它挥舞着手中的金斧，如果面前的主世界人其实是为了让它放下防备而故意示弱，它会感到大失所望。

只见主世界人花了点时间整理，好让自己看起来体面一些——如果他先前确实算个体面人的话。整理好后，他坐起身、举起双手，向克里滕表示自己无意伤害它。虽然克里滕还不确定自己要不要相信他，但在目前的处境下，它还是想先给他一个机会，再看看后面的发展趋势。

主世界人用屁股往后挪了一段距离，离开了克里滕金斧的攻击范围。在这个过程中,他努力表现出人畜无害的样子,请求克里滕允许他起身。自觉比以前更有威慑力的克里滕大度地用金斧比画了一下,示意他可以放心地站起来。

主世界人看着克里滕身后,眼里满是渴望。这时克里滕才发现,对方已经注意到自己正故意站在他和传送门之间。没错,它还不想这么快就让送上门的"肉"跑掉。

克里滕用金斧指着主世界人,希望他能明白自己的意思:"把你身上的东西都交出来!"

对方投来困惑的眼神,同时无力地耸了耸肩,他并没明白克里滕的意思。

然后他指了指自己,嘴里念念有词。克里滕把头转向一侧,仔细听着他说的话。

"法纳姆、法纳姆。"主世界人说。克里滕随即意识到,这肯定是他的名字。于是它一手举着金斧,一手指着自己胸口,说道:"克里滕!克里滕!"

主世界人试着复述它的名字,但学得不怎么利索:"克利——滕。"

"差不多就这意思!"克里滕说道,"现在,把你身上的东西都交出来!"

主世界人——或者说,名为"法纳姆"的主世界人,摇了摇头,他还是理解不了克里滕的话。克里滕不耐烦地叹了口气,它没有耐心教眼前的笨蛋应该怎么说话。

只图省事的话,克里滕大可直接要了他的命。但此时的克里滕又累又痛，既不知道自己所处的位置，也不知道如何离开这里，更不知道离开后该去哪儿寻找安身之地。

就现在而言，杀死法纳姆对克里滕而言不算多大的损失，但现在克里滕手里的资源少之又少，它不允许自己有半点儿浪费。它沮丧地坐在传送门前，恶狠狠地盯着法纳姆，警告他不要试图逃跑。

这时，炽足兽一瘸一拐地走了过来。

克里滕先于法纳姆注意到了炽足兽，同时也很好奇主世界人对炽足兽的态度会是什么样。它希望法纳姆不会对这样一只无害的动物下手，不过即使他真那样做了，克里滕也不会阻止——就让这个主世界人在无用的事情上浪费力气吧。

克里滕用金斧指了指炽足兽。法纳姆思考了好一会儿才明白克里滕的意思，他顺着金斧指的方向看去，看到了迎面走来的炽足兽。

令克里滕惊讶的是，法纳姆并没有发出尖叫或是逃跑，而是高兴地蹦蹦跳跳，甚至鼓起了掌。

克里滕无法理解法纳姆的举动，它惊讶地看着法纳姆朝炽足兽走去，看着他向炽足兽介绍自己。

奇怪的是，炽足兽回应了他。炽足兽同样对眼前的陌生人充满了好奇，他们互相绕着对方转了一会儿，每转一圈就走近一些。法纳姆注意到炽足兽脸色发紫、身体发颤，不禁同情地感叹了一声，这种行为对猪灵而言可谓是前所未见。

法纳姆来到克里滕旁边，睁大双眼，一副乞求的样子。

即使语言不通，克里滕也明白了他的意思。它用金斧指了指炽足兽，然后指了指法纳姆，示意他可以带走炽足兽，尽管它实际上并没有这个权力。

法纳姆高兴地叫了起来，激动之程度让克里滕不禁担心他下一秒就会爆炸。他高兴地转了一圈又一圈，转得晕头转向的。

昏头涨脑的法纳姆摔倒在地，随后他便因为自己刚才傻乎乎的举动笑出了声。炽足兽走过来靠在法纳姆身上，确认他的状态，他又忍不住笑了起来。

法纳姆从喜悦里回过神后，开始在背包里翻找东西。注意到这一举动的克里滕站起身朝法纳姆挥动金斧，警告他不要做蠢事。

法纳姆举起空无一物的双手朝克里滕微笑，直到克里滕放下金斧，他才用比刚才更温和的动作继续在背包里翻找。不一会儿，他拿出一样特别的东西，把它递给了克里滕。

克里滕怀疑地看了看手里的东西。这是一个用软木塞塞住的玻璃烧瓶，里面装满了紫色的液体。它盯着玻璃烧瓶看了好一会儿，然后摇了摇头。

法纳姆注意到了克里滕的迟疑。为了打消它的顾虑，法纳姆拿过玻璃烧瓶，取下软木塞，小口抿了些里面的液体，一口咽下，张开嘴响亮地啊了一声。做完这些后，他再一次把玻璃烧瓶递给了克里滕。

克里滕内心的疑虑减轻了几分。它一边把玻璃烧瓶放到嘴边，一边观察法纳姆的反应。不过法纳姆并不以诱骗敌人喝毒药为乐，他只是单纯感到兴奋罢了。

克里滕喝了一小口瓶内的黏稠液体，伴随美妙的口感，液体慢慢流进它的喉咙。渐渐地，克里滕感到一股暖流流向指尖、脚尖，直至遍布全身。

过了一会儿，克里滕才发现自己在不经意间把瓶里的液体喝了个精光。这次奇妙的体验让克里滕感到不可思议。

法纳姆指了指克里滕的手臂，它低头一看，发现手臂上的伤口消失了。惊讶不已的它放下金斧，卷起衣袖仔细地看了看，手臂上没有半点儿受伤的痕迹。

克里滕目瞪口呆地看着法纳姆。它虽然听说过有治疗药水这东西，但在下界很难找到酿造治疗药水所需的材料。显然，法纳姆出现在这儿的目的并不是治疗药水。

克里滕抬头看了看还在微笑的法纳姆。即使克里滕弱不禁风，法纳姆也没有做出伤害它的举动。尽管克里滕觉得不可思议，但出于表达善意的目的，它还是放下金斧，向法纳姆低头表示感谢。

法纳姆松了口气，脸上的笑容愈发灿烂。这时，炽足兽似乎对传送门有了兴趣，它走到离传送门几米远的地方，目不转睛地盯着传送门。法纳姆上前拦住了它，不知道该不该让它穿过传送门。克里滕见状，朝传送门比了个手势，似乎在示意他们两个离开。

虽然这对克里滕来说或许是个愚蠢的决定，但它觉得，现在让法纳姆在混乱的下界横插一脚毫无用处。克里滕既无法保护他免受其他猪灵攻击，它自己手上也没有合适的东西作为交换。就现在而言，让法纳姆回家才是上策，这样他既不会受到下界怪物的摧残，还有可能带更多的治疗药水和其他新奇的玩意儿回来！

为了表明诚意，克里滕从包裹里拿出一些诡异真菌——它知道炽足兽最喜欢吃这东西。克里滕叫了一声，把诡异真菌递给法纳姆，法纳姆欣然接受了它的好意。

法纳姆和炽足兽慢慢地走向传送门，他向克里滕表明他无意逃跑。来到门边，法纳姆甚至向克里滕伸出手，希望它能和他们一起走。

最初，克里滕考虑过和法纳姆一起离开，但它听说，猪灵无法在主世界生存。如果传言是假的，那么猪灵应该很早就入侵并占领了主世界才对。不少猪灵的传说故事都提到了猪灵在主世界的大型战役，但这些传说故事对猪灵进入主世界的方法和最后回到下界的缘由却没有半点儿提及。

思虑再三，克里滕选择挥手告别法纳姆和炽足兽，祝愿他们一路顺风。虽然它下定决心要逃离这个深坑，但它觉得法纳姆帮不上忙，它只能靠自己。

法纳姆耸耸肩，仿佛对克里滕说了句"那好吧"，随后带着炽足兽走进传送门。一人一兽被门内的紫色旋涡团团围住，一会儿便消失了。

## 11

# 庆贺

法纳姆带着炽足兽回到地下洞穴，对自己刚才经历的生来最奇妙的事情感叹不已。他从未想过自己会机缘巧合般去到下界，在他的认知里，下界可谓是他最不想去的地方。

最初穿过传送门时，内心绝望的法纳姆以为自己有去无回。而现在，他不仅勇敢面对了下界的挑战，还带回一只比美西螈更棒的动物。现在的他充满信心：既然刚才能在下界的不期而遇里活下来，甚至还交了一个新朋友，那也一定能找到离开洞穴的路。

但法纳姆左思右想了好一会儿，还是没想出离开的办法，希望又一次变成了绝望。炽足兽蹭了蹭他，把他从消极思绪中拉回了现实。即使已经离开下界，炽足兽仍脸色发紫、身体发颤。法纳姆不知道怎么帮它，只能陪在旁边温柔地抚摸它的背部。

能发现这样的动物真是走了大运，直接成为动物园的大热门！

只要他俩都能回到动物园……

法纳姆席地而坐，决定检查一下背包，看看里面还有些什么东西。早在之前，格林查德就坚持要帮法纳姆收拾东西，而他也欣然接受了这位见多识广的朋友的请求。在把背包给格林查德前，法纳姆先往里面装了最爱吃的食物和一些杂物，但这之后他就不知道背包里还有什么了。

借着传送门的光，他把背包里的东西一件件拿出来放在面前。包里有：

一根火把（十分好用，在黑暗环境下效果更佳）；

打火石（他已经感受到了有它的好处）；

一包食物（塞得满满当当）；

一瓶水（从河里盛的）；

几瓶治疗药水（以防万一）；

几个桶（用来抓美西螈和其他喜水的动物）；

一张床（他昨天下午打盹儿时甚至没把它拿出来）；

一把铁剑（以前格林查德送的，但他用起来不称手）；

一个工作台（万一在长途跋涉的过程中需要做东西，它就派上用场了）；

一把木镐。

法纳姆惊讶地看着背包里的最后一件东西，他清楚地记得自己从未把它放进背包里。这肯定是几周前麦查没告诉他就偷偷塞进背包里的，不然他肯定会拒绝，毕竟，他最害怕的就是在地下挖隧道。

不过麦查并不这么想。作为一名经验丰富的矿工，她理解不了法纳姆连一把木镐都不带就在野外四处晃荡的做法。在她看来，这好比出门不穿靴子：你是会用木镐的，但为什么就是不敢挥一下呢？

但即使只是摸木镐都让法纳姆抖个不停。

然而，现在的他走投无路，除非他能变成一条鱼从河里游出去。

他拿上火把和木镐，把其他东西收回背包里，打算看看有没有其他可行的办法。他喂给炽足兽一些食物，希望它吃饱后能安静一会儿。然后，他点燃了火把。

为了确认自己确实无路可逃，他绕着洞穴边缘走了一圈。如果能找到没有被水淹没的安全的道路的话，即使只有一条他也谢天谢地了。

如果朝下游前进，他就能离开洞穴，但下游的隧道完全淹没在水下。考虑到先前差点儿被瀑布淹死，他再也不想去试第二次了。

何况他现在还带着一只炽足兽。

借着火把的光，法纳姆仔细观察起炽足兽，这才发现它受了伤。他早该注意到这只炽足兽一瘸一拐的走路姿势，但那时候他对下界的一切，甚至是看起来下一秒就会要他命的克里滕，都感到十分新奇，他没有多余的心思去想这些。

他不确定治疗药水是否会对炽足兽起作用,毕竟它来自下界,下界的很多东西可能都和主世界的有所区别。不过,既然治疗药水对克里滕有用,那对炽足兽来说应该也有用。

他抱着赌一把的心态给炽足兽喝了一小口治疗药水。炽足兽恢复了些许气色,法纳姆心里的石头落了地。他把瓶里剩下的药水都喂给炽足兽,炽足兽也一口把药水吞下了肚。

不一会儿,炽足兽就在洞穴里跑来跑去,仿佛从没受伤一样。法纳姆开心地笑了,他不忍心看到动物受苦,所以他总会尽己所能帮助它们。

痊愈的兴奋劲过去后,炽足兽回到法纳姆身边,不停地蹭着他。起初法纳姆感到有些难为情,但下一刻,他便注意到炽足兽正在打寒颤。它凑过来是为了取暖!

和下界相比,洞穴阴冷刺骨。法纳姆意识到,如果自己不能尽快让炽足兽回到温暖的地面,为了炽足兽的健康,他就必须把它送回下界。

而要回到地面,他只剩下一个办法。

他握紧手中的木镐。这把木镐做工粗糙,只适合在紧急情况下使用,而现在正是那万不得已的时候。如果木镐在使用过程中断掉,他可能就会被永远地困在这儿。

但如果不试一试,就连活下去的机会也没有了。

不管自己有多害怕,他都不得不这么做。

他来到陆地附近离他最近的一面岩壁,开始马不停蹄地朝地面的方向挖隧道。

# 12

# 跨越传送门

克里滕坐在原地,盯着传送门看了很久很久。它心里清楚,自己不该在这儿浪费时间,应该想办法尽早离开这里。而早在它下落之前,坑里就已经有了一只炽足兽,这或许意味着其实存在逃离的办法。

当然,这办法不包括一直盯着传送门看。

好奇心是克里滕的动力。其他猪灵常说克里滕聪明,实际上,那份聪明源自克里滕无尽的好奇心:它想知道关于世间万物的一切。

对克里滕而言,知识就是力量。

在大多数猪灵眼里,肌肉才是力量,但这并非克里滕的强项。克里滕只知道,知识是前进的垫脚石,而它总能找到学习更多知识的门路。力量存在极限,但克里滕学习知识的动力是无限的。

黑曜石传送门是克里滕迄今为止遇到的最宝贵的知识财富,也是一颗十分危险的炸弹。

在其他猪灵眼里,主世界是一个致命的存在;而在克里滕的认知里,猪灵只要穿过传送门就会死。

但是,只有实践才能得出真知。

最后的最后,克里滕厌倦了内心斗争,它屈服了。它站起身,面对着黑曜石传送门,下定决心要穿过去。

但它没想到,自己的脚迟迟不肯迈出那一步。

克里滕还没意识到自己其实很怕死。早年跟随邦菇斯打天下的时候,出生入死对克里滕而言可谓家常便饭。显然,养尊处优的堡垒生活已经把克里滕养得软弱无能了。

今天就是改变这一切的时候。

克里滕勒令自己的脚一步一步往前挪,直到自己的鼻子离黑曜石传送门只有几厘米远。它的视野被旋转的紫色旋涡占据,仿佛世上再无他物。

虽然克里滕的身体抗拒向前移动,但克里滕还是强迫自己一点儿一点儿地往前倾,直到鼻尖碰到那片旋转的紫色旋涡。

下一秒,它便来到了另一个地方。

克里滕跌跌撞撞地出现在了黑曜石传送门的另一边,仿佛下一秒就要跌倒在地,它及时在跌倒前站稳了。但下一刻,发现眼前到处都是水的克里滕倒吸一口气,它不禁跪了下来,

## 我的世界　传奇　猪灵归来

脸上满是惊讶。

液体不可能在下界单独存在。在此之前，克里滕唯一见过的液体，是法纳姆给它喝的治疗药水。而现在，流动的液体遍布洞穴，这让它震惊不已，久久回不过神。

这是多棒的一个世界呀！克里滕心想，如果猪灵能占领这个世界，甚至只占领这个洞穴，那会变成什么样？比如拥有这些触手可及的液体？

这个念头让克里滕感到头晕目眩，肚子隐隐作痛。它试着站起身，随后便意识到令它感到不舒服的绝非这个世界给它的无限可能。

是这个世界本身，或者说，是这个世界缺少了什么东西，这才是导致它难受的原因。

克里滕担心的就是这个：猪灵并不适合在主世界生存。如果克里滕不能尽快回到下界，它不久后就会瘫倒在地，严重的话甚至会一命呜呼。

尽管这儿很棒，但克里滕还不想就这样死掉。它转过身，想趁为时已晚前穿过黑曜石传送门。

然而，在黑曜石传送门紫色光芒的映照下，克里滕看到了比水更出乎它预料的东西：那是一幅幅古老的壁画，上面似乎记录着猪灵侵略主世界的故事！

不知是谁，在很久以前的某个时候，也从下界穿过这扇黑曜石传送门来到这儿，在洞穴岩壁上刻下了这些几十厘米高的壁画，组成了壁画群。壁画分布在由方块组成的岩壁上，朝向各异,克里滕没法儿一次看全。

克里滕一次只能看到壁画的一个片段,其中一个片段上面画着几个很像猪灵的生物,它们正在野外追击一群奇怪的敌人。克里滕辨认出至少有四种参加防御的生物,其中一种还很像在下界游荡的骷髅。防御者的上方还画了一个人,他正高举某种武器,指挥着看上去和法纳姆一样的主世界人,不过要比法纳姆更为强壮有力。整幅壁画的顶端是一个很大的方块,散发出力量的气息——也许这是他们正在争夺的东西。

克里滕猜不透,难道这就是猪灵传说中提到的入侵主世界的猪灵军队的故事吗?壁画是在讲述猪灵军队很久以前的经历吗?这里面解释了猪灵不受主世界恶劣环境影响的原因吗?一连串的问题让克里滕不禁思考这些故事有何用处。它想不出,弯下腰开始呕吐。它必须尽快离开这儿,否则主世界和下界留给它探索的那些知识都将一文不名。

克里滕跟跟跄跄地来到黑曜石传送门前,这一次它毫不犹豫地冲了进去。

克里滕回到了下界,如释重负的感觉传遍全身。尽管肚子的疼痛还在,但厄运当头的预感已经消失。它筋疲力尽,四仰八叉地躺在地上,只想大口吸入下界的空气,直到恶心的感觉消失。

克里滕感觉稍微好了些,它坐起来,恶狠狠地盯了黑曜石传送门一眼,而传送门里的旋涡只是静静地旋转着,没有任何回应，仿佛从未有东西打扰过它。

虽然黑曜石传送门还是老样子，但克里滕的心态已经有了变化。它不在乎穿过传送门要付出多大代价，它只想回去看清壁画上那些和猪灵有关的信息。

看情况，似乎只要克里滕不在主世界待太久，它就能承受往返的代价；如果再谨慎一些，多关注一下适应力比较差的肚子的话，其实克里滕能在两个世界间自由穿梭。它发誓，自己会一次又一次地往返，直到解开壁画的秘密。

然后，它就知道自己可以用这些厉害的知识做什么了。

# 13

# 飞驰归家路

  法纳姆不知道自己挖了多久才回到地面。他一路都很害怕，仿佛忘记了呼吸，大脑中只剩下"连挖带爬"的念头——直到阳光再次亲吻他的脸颊。

  而从出发那时起，炽足兽就像宠物一样紧跟在法纳姆后面。法纳姆想不通，炽足兽这么做是因为喜欢自己，还是因为它比自己更不想被困在地下深处。尽管炽足兽依旧抖个不停，但有它陪伴，法纳姆觉得自己精神尚佳。

  尽管炽足兽原本就是一副病恹恹的样子，但返回下界应该能让它的身体状况有所好转。法纳姆转念一想，其实炽足兽随时都能返回传送门那儿，但它最后还是选择了跟随自己。感激之情从法纳姆心底油然而生。

  法纳姆年少时曾被困在地下，那时最为害怕的便是那万

### 我的世界　传奇　猪灵归来

恶的孤独感。那时候的他想，自己孤独地受困，最后也会孤独地死去，无人发现他的踪迹，他将永远和孤独长眠。

而现在，炽足兽的陪伴不仅帮他赶走了死灰复燃的孤独感，还给他带来前进的动力。他做不出挖到一半停下来自我感伤这种事情，毕竟这意味着炽足兽也要和他一块儿受苦。他不忍心看到这种情况出现。

法纳姆回到地面后的第一件事，是把跟在后面的炽足兽拉上来，然后给它一个大大的拥抱，庆祝一人一兽战胜了阻止他们重获自由的岩石和泥土。虽然炽足兽不会拥抱，但它还是用打寒颤的身体蹭了蹭法纳姆。

"我们得尽快回到动物园，这样我才能想办法帮你。"法纳姆边说边想着回去的路。

幸运的是，他们现在的位置和最开始法纳姆与朋友们出发的位置在山脉同一侧，这代表法纳姆现在只需要确定小镇的位置。他径直向前走去，随着山脉在身后逐渐变小，他看到了几个熟悉的地标。这时他发现自己的前进方向偏南，于是他立刻修正了方向。

当他看到从山脉一路延伸出来的矿车铁轨时，他高兴地欢呼起来。他知道，自己现在离小镇很近，矿车铁轨会指引他回到镇上，他只需要沿着矿车铁轨前进就好。

他想知道麦查和格林查德的动向。他们是不是也被困在那个洞穴里了？他们发现自己被河水冲走了吗？他们还在找自己吗？

他无从得知。他只知道炽足兽现在很难受。他得先照顾炽足兽，然后再去找朋友们。也许他能组织一支搜救队，在朋友们像自己一样遇到大麻烦前找到他们。一想到自己能去营救他人，他的心就激动起来。

他转念一想，或许自己并不需要担心他们，他们都是经验丰富的旅行者，几乎没有他们俩解决不了的问题。法纳姆犯的最大的错误，便是一开始就和朋友们分头行动。如果他们三个集体行动，而不是各自探索，他就不会经历这些，大家也能平安无事。

夜幕降临，法纳姆终于回到了镇上。刚到不久，他便看见小镇的广场上聚着一群人。原本想回动物园安顿炽足兽的他按捺不住好奇心，决定凑过去看看。

广场上人很多，法纳姆看不清谁在广场中央，也听不清他们在说什么。他踮起脚尖、伸长脖子想看个清楚，但一堆人在前面挡着他的视线。

这时，炽足兽发出一声旁人难以忽略的低吼。离他们最近的人听到声音，不禁向一人一兽瞥去，同时默默为他们让开了一些空间。法纳姆趁机往前挪了几步，然后继续故技重演。

过了一会儿，法纳姆和炽足兽来到了人群前面。他拨开挡住视线的最后一排人，看见麦查和格林查德正站在广场中央，正在试图说服镇长帮他们组织一支搜救队。

"我们必须得在明天日落前找到他，不然他就有可能遇险，甚至可能因缺水死掉。"格林查德说道。

"等一下，等一下。"镇长举起手示意他们冷静，"他和那些完全不想去野外探险的人不一样，你们没必要那么恐慌。"

麦查也不接受镇长的解释："你知不知道我们在说谁？我们说的可是法纳姆！是从小就不想被困在地下的法纳姆！"

镇长轻轻用手肘捣了下麦查："他是不是就是你说的法纳姆？"

镇长指了指一旁的人和旁边那只外形奇特的动物，对方也略显尴尬地朝两位瞪大双眼的朋友挥了挥手。麦查倒吸一口气，人群也同时发出一声惊呼。

镇长拍拍手，掸去手上的灰尘，仿佛刚刚结束一天冗长的工作："我没说错吧？没什么好担心的，没必要弄得慌慌张张。"

大部分围观的人摇摇头，渐渐散去，返回各自的家中；小部分留下的人则是对法纳姆和他的朋友们投以理解的微笑，为法纳姆安然无恙的返回松了口气；而麦查和格林查德直接冲到法纳姆面前，一起给了他一个大大的拥抱。

麦查一把抓住法纳姆的肩膀，观察他有没有受伤："你让我们担心死了！"

格林查德苦笑着摇摇头："我们差点儿就想让全镇人掏空半座山找你，不过我们还是很高兴看到你回来。"

"所以到底发生什么事了？"虽然麦查很高兴法纳姆没受伤，但她还是有些担心，"我们一开始听到了你的呼救声，但后面就什么也听不到了；我们翻遍了整个洞穴，但都没有找到你。"

法纳姆正准备将他的经历和盘托出，但一旁的炽足兽猛地打了个寒颤，发出低沉的呻吟声，打断了他。法纳姆伸手安慰它，对朋友们说："等我把它送到动物园后，我会把事情经过告诉你们的。"

他们点点头，快马加鞭地跟着法纳姆往他的住处赶去。路上，格林查德盯着法纳姆的新朋友问道："这是一只炽足兽吗？你从哪儿找到的？我还以为它们只会待在下界呢！"

法纳姆对朋友眼里流露出的关心表示欣慰，他点了点头："这说来话长。"

不过，法纳姆没多久就把话说完了：不等三人一兽到达动物园门前，法纳姆就已经将这次意外之旅一五一十地告诉了他的朋友们。

格林查德松了口气："你运气真好。稍不留神，你可就没命了！"

麦查难以置信地摇头："冲进地下瀑布！激活黑曜石传送门！进入下界！遇到不杀你的猪灵！"

"以及带着一只炽足兽活着回来！"格林查德拍了拍法纳姆的背，"干得漂亮！"

法纳姆笑着带他们走进动物园。虽然他不太习惯从比自己更勇敢、更厉害的朋友们那儿得到表扬，但他很喜欢这种感觉。"谢谢你们。"他说道，"对不起，给你们添了麻烦，让

### 我的世界　传奇　猪灵归来

你们差点儿组织了一支搜救队。我就知道你们不会抛弃我。"

"才不会呢。"麦查说道,格林查德也郑重地朝法纳姆点点头,表示认同。

"总之,我很高兴能回到家。"法纳姆转过身端详炽足兽,"但现在,我们需要搞清楚我们的新朋友遇到了什么麻烦。"

和先前相比,炽足兽的身体抖得更厉害了。

"它看起来受冻了。"麦查说道,"给它生个火吧。"

法纳姆把炽足兽带进一个空兽栏,随后格林查德在它身边生了一堆篝火。火焰咆哮着,卷起一股股热浪。炽足兽向篝火走去,直到火焰近在咫尺。先前的呻吟声消失了,取而代之的是舒服的呼噜声。

"看起来有些效果,但它似乎还是觉得很冷。"法纳姆说道,"火力可能还不够。"

格林查德脑袋上亮起"小灯泡",他似乎想到了一个好主意:"下界遍布熔岩,但炽足兽能四平八稳地穿行其中而不受伤害,身上也不会着火。也许我们能直接把它放在篝火上方!"

法纳姆回头看了看炽足兽,发现它几乎已经走到了篝火正上方,只是燃烧产生的烟雾让它感到窒息。

"它现在似乎很开心,但这也不是长久之计。如果它想留在这儿,我们得想个一劳永逸的办法。"

"不然呢?"麦查瞪大双眼看着法纳姆,仿佛在看一个胡言乱语的病人,"你打算把它带回下界,然后还它自由吗?"

"我想我知道该用什么了。"格林查德说道,"熔岩。"

法纳姆困惑地抬起头:"这么说,我们要带它回下界?"

格林查德笑了笑:"熔岩可不是下界独有的东西。如果知道门路的话,我们也可以在地下找到一堆熔岩。"

"哦!我明白了!"麦查朝出口走去,"我去去就回!"

在麦查离开的当口儿,法纳姆想给炽足兽吃点东西。虽然炽足兽对法纳姆给的大部分食物嗤之以鼻,但它最后还是不情愿地吃了些法纳姆在饲料棚角落找到的蘑菇。

看着正在吃蘑菇的炽足兽,法纳姆不禁想起自己已经很长一段时间没吃东西了。跟着法纳姆走进厨房的格林查德坚持让法纳姆坐下来休息,然后便做了一顿美味的晚饭。

正当他俩坐下来准备开吃时,麦查回来了。她拍掉手上的灰尘,坐在餐桌旁,说道:"完工了!晚饭看起来好棒啊!"

"那只炽足兽还好吗?"法纳姆担心地问道。

"好多了。"她对朋友们笑了笑,"我给它造了个防火的大盆,然后在盆里装满熔岩。它现在正像泥地里的猪一样在里面打滚儿呢。"

"谢谢你们。"法纳姆举起杯子,"这一杯,敬不论何时都永远陪伴在身边的朋友!"

"敬朋友!"两位朋友应道。三人一同碰杯。

## 14

# 探索

虽然花费的时间比预想的要久,但克里滕最后还是弄清了古代猪灵在洞穴岩壁上刻下的东西,而壁画内容也让它的内心为之一颤。

解读这样的壁画并无"准确"一说,只要联想到不同的事物,就有可能解读出不同的意思。解读壁画需要了解那段时期的历史,而克里滕对此了解甚少,它只知道,入侵主世界的猪灵军团被分为三大派系,它们所向披靡。

克里滕唯一想不通的是,身为猪灵的它们是怎么做到这一切的。对剑指主世界的强大猪灵军团而言,它们在离开下界侵略这片物产丰饶之地前,一定想到了主世界恶劣环境的破解之道。

克里滕从壁画上看出三种不同的猪灵。第一组壁画上的猪灵旁画着几簇线条，这代表超快的速度：它们不仅跑得比其他猪灵快，甚至还能和敌人周旋。

第二组壁画上的猪灵回到了下界，正聚在一座类似猪灵堡垒的半成品前。从小部分猪灵传递方块的动作来看，它们像是在建造一座新堡垒。克里滕觉得，这足以说明壁画上的生物确实是猪灵——据它所知，只有猪灵才会建造堡垒。

最后一组壁画上的猪灵旁边画着弯弯曲曲的线条，克里滕不确定这些线条代表什么。从敌人甚至队友远离的动作来看，这应该代表某种强大的东西。也许这些猪灵臭不可闻，以至于把敌人熏得落荒而逃？克里滕不知道自己的猜测是否正确，但它现在也想不出其他可能。

这时，克里滕在壁画某处看到了一幅巨猪灵的画像。这个猪灵正手拿一件特殊的武器：一个系在锁链末端的遍布尖刺的方块。这幅画像在壁画底端附近，上面还被谁画了一个箭头，箭头末端指向地上的一个土堆。克里滕出于好奇挖开土堆，结果发现了一条锁链！它顺着锁链挖下去，结果挖出了一样东西：一件和壁画上的方块十分相像的残暴武器！

对克里滕来说，这一发现进一步证实了壁画上故事的真实性。这可能并非虚构的故事，而是一段真实发生过的历史！

它仔细查看武器，发现武器末端是由某种暗金属制成的刺锤，这正是猪灵梦寐以求的武器。克里滕举起它甩了几下，却差点儿击中自个儿的头。它这才意识到，这种笨重的武器

### 我的世界　传奇　猪灵归来

并不适合自己——起码现在不适合。

克里滕觉得，壁画和武器的存在证实了它以前听过的几段传说，但也带来了更多有待解答的问题。如果猪灵曾经征服过主世界，那它们为什么会堕落到如今这般地步？它们是怎么被逐出主世界回到下界的？它们是被某种强大的力量驱赶，还是起了内讧？是先前克服主世界恶劣环境的方法不管用了，还是其他什么东西发挥了作用，让猪灵永远无法踏足主世界？

最后一个问题让克里滕的思绪越发混乱。是猪灵祖先克服主世界恶劣环境的方法出了什么问题吗？

克里滕能否复现它们的方法？

或者是找到其他新的方法？

虽然内心百般不愿，但如果克里滕想弄清这些问题的答案，只有一条路能走。坑里没有供它进一步研究的生存物资，它别无选择，不得不偷偷溜回邦菇斯的堡垒。

事实证明，离开深坑并没有克里滕想象得那么难。传送门后面有条密道，炽足兽就是从那儿来到坑里的。

而让克里滕感到尴尬的是，它花了好长一段时间才发现密道。传送门挡住了它的视线，而它也一直没想着绕到传送门后面看看。它和先前一样沿着深坑边缘摸索，直到绕了一整圈才发现自己漏看了这儿。

也许猪灵祖先正是通过这条密道从邦菇斯的堡垒来到黑曜石传送门后面，然后通过传送门前往主世界的。幸运的是，那只炽足兽没有在克里滕掉下来之前穿过传送门。

也许炽足兽是在传送门没被激活时来到深坑里的？又或是笨手笨脚的炽足兽曾经进过一次传送门，但后面又走了回来？除非炽足兽能回到下界并且开口说话，否则克里滕永远不会知道答案。

克里滕决定先不想这个问题。它沿着传送门后的密道前进，兜兜转转很长一段时间后，它没有来到野外，而是来到了一个位于地下的房间。

在乌格布把克里滕扔下去的坑里，只有这里有一条直通堡垒的密道！

看来古代猪灵比克里滕想象的要聪明，也比它谋划得更加长远。一想到像邦菇斯和乌格布这样的猪灵剥削手下的方式，克里滕不禁心痛万分：它们猪灵为何沦落到了这般境地。

这也让它下定决心，一定要为现在这个不公平的现象做些什么。

既然克里滕不知道这个秘密地下房间的存在，想必堡垒里的其他猪灵也对此知之甚少。只要动用些许计谋，再加上运气，它也许就能在被发现之前偷偷在堡垒里转上一圈——毕竟邦菇斯的手下现在都在堡垒外寻找克里滕，留下了守备空虚的堡垒。

克里滕拿起金斧，开始寻找自己需要的东西。它来到堡垒底下存储食物的巨大仓库，将包裹里装满自己能找到的最好的食物，以及其他补给品。

这时,克里滕听到了梦寐以求的声音:鼾声。

克里滕知道,堡垒里有几个喜欢躲在仓库里不干活儿的好吃懒做的猪灵。邦菇斯经常责骂它们,命令乌格布把它们流放到下界——就像邦菇斯和乌格布对待克里滕那样。不过,这些猪灵也有两把刷子,乌格布老是抓不住它们。

但论聪明,它们可比不过克里滕。

克里滕挪开箱子堆里一个堆叠得没那么紧实的箱子,来到了另一侧的临时藏身处。克里滕在那儿看见了两个猪灵,它俩可能从来没有老实工作过一天。意外的是,乌格布没能循着它们身上的臭味找到它们,因为它们四周全是更加恶臭的腐烂食物残渣、脏衣服和脏床单。

这两个猪灵似乎已经享用了不少偷来的食物,现在正在蒙头大睡。克里滕用靴子轻碰其中一个猪灵,但回应它的只有不耐烦的鼾声。

克里滕从包裹里取出一根绳子,把斧刃架在其中一个猪灵的脖子上,然后用斧柄戳另一个猪灵的喉咙,直到它尖叫着睁开双眼。

克里滕把绳子递给那只瞪大双眼、浑身哆嗦的猪灵,说道:"用这根绳子把你的朋友绑住,如果你叫醒它,你的猪灵生涯也就走到头了。"

那只受惊的猪灵默默地点头,屏着呼吸执行起克里滕的命令。不一会儿,它就把自己同伴的双手和脚踝绑住了。

克里滕又给了它一根绳子:"现在,把你的脚踝也给我绑起来。"

那个猪灵绑完后,克里滕检查了一番,然后让它认真地重新绑了一次。克里滕不知道眼前这个懒鬼是在给自己逃跑留后路,还是它真的不会绑,不过克里滕觉得这不是需要在意的事情。

伴随一轮在对方看来或许很艰难的"协商"后,克里滕绑住了它的双手,随后检查起两个猪灵身上所有的绳结——它们绑得结结实实。

克里滕叫醒睡着的猪灵,后者这时才震惊地意识到自己的处境。它把两个猪灵带出仓库,穿过暗门返回地下的房间。不久后,它们来到坑底,传送门的旋涡仍在那儿打转,等待着它们。

一路上,两个猪灵的身体都因为恐惧而不住地颤抖。这时候它们双腿无力,这正中克里滕下怀。它将其中一个猪灵绑在传送门旁一块突起的岩石上,然后让另一个猪灵跪下,把一根长绳的一端给了它。

克里滕用斧柄戳了戳那个倒霉的猪灵:"穿过那扇传送门,然后在另一边待着别动!如果你敢在我命令你回来之前逃回来,我就把你劈成两半!"

"不!"被绑在岩石上的猪灵叫道,"不要这样!"

克里滕的斧柄仍对着眼前这个猪灵,它却对另一个猪灵开了口:"如果它不听,就换你来!"

另一个猪灵被吓得直喘粗气,用沙哑的声音对它的朋友

### 我的世界 传奇 猪灵归来

说道:"那好吧,要不就先听它的话试一试?"

被斧柄顶着胸口的猪灵愤怒地看着自己的"塑料"朋友,朝克里滕点了点头:"那行吧!我做就是了!"

说完,它转身面对传送门,毫不拖泥带水地拖着绳子穿了过去。

克里滕抓住绳子松弛的另一端,把它绷紧。令它惊讶的是,即使绳子的另一端在主世界,绳子依旧悬浮在半空中。

克里滕等了很久,想知道接下来会发生些什么。它觉得,待在对面的猪灵终究会因为忍受不了那儿的环境而穿过传送门回来,这时候,它就会给那个猪灵来上一斧头,以此向另一个猪灵证明它所言非虚。

出乎克里滕意料的是,绳子始终悬浮在半空,直到某一刻突然垂落在地。

克里滕皱起眉头,放下绳子架起金斧穿过传送门。在传送门的另一边,它看见那个猪灵倒在地上不省人事,但仍有气息。

克里滕不想在"有毒"的主世界停留太久,它扯着绳子回到下界,连带着把不省人事的猪灵给拉了回来。

"天哪!"另一个猪灵害怕地看着眼前的朋友,"你在做什么?"

克里滕把昏倒的猪灵绑好,将注意力转移到它身上,一字一句地回答:"学习。"

## 15

# 动物园之星

"欢迎，欢迎，欢迎！"法纳姆对聚在动物园门外的人群招呼道。他和朋友们为炽足兽建了个"新家"，而今天，正是公开"新家"，让大家一睹它真容的日子。

即使有朋友们帮忙，法纳姆也花了一周多的时间才把一切安排妥当，他不得不因此让动物园暂停营业。与此同时，他在工作之余走遍大街小巷，逢人便说他现在做的事有多厉害，炽足兽有多值得一看。他希望自己这样做能稍微吸引其他人的注意力，直到今早开门时，他才知道自己的宣传大获成功。

他从没见过动物园有这么大的客流量，于是法纳姆不得不第一次这样说："能麻烦排成一队吗？"

放在平常，人们能随意进出动物园，但动物园现在没法

## 我的世界　传奇　猪灵归来

儿一次容纳这么多人，加上今天是炽足兽对外展示的第一天，他不敢冒险让动物受惊。

"请进，一次只进一个人。进来后请靠左走，然后沿墙右拐。大家很快就能看到我的动物们，和它们共度一段美好时光。"

法纳姆用手挡着阳光，看着听从自己引导排起队的人们。他们或许语言不通，但似乎都理解了法纳姆的意思。法纳姆在队伍里看到了几个陌生的人，难道他们是千里迢迢从小镇外赶来动物园的吗？难道这里已经成旅游景点了？

"好壮观哪。"法纳姆对拍着他肩膀的麦查说道，"你看，有这么多人来呢！"

"恭喜呀！"她骄傲地笑着，称赞起了法纳姆，"你真的很努力呢。"

"大家都辛苦了！谢谢你，也谢谢格林查德。没有你们的帮助，我都不知道该怎么办了。"

"等游客看完炽足兽的新家再谢吧。"麦查抿了抿嘴。

她不再说话，只是支开法纳姆，帮他维护门口的秩序。于是法纳姆趁机去了炽足兽的新家。

他不得不承认，自己和朋友做出了很棒的东西。为了不让炽足兽乱跑，也为了保护它不被其他动物伤害，他们不仅加固了兽栏，还挖了一个熔岩池，好让炽足兽随时随地能在里面玩耍。

建造熔岩池费了他们不少心思。格林查德帮忙找到有熔岩的地方后,他们三人一桶一桶地把熔岩从那儿运回了动物园。

法纳姆认为,把熔岩带进动物园很危险,他并不觉得这东西安全,倒是炽足兽见到熔岩后高兴得不得了。格林查德自愿揽下了训练精力过剩的炽足兽的工作,这样炽足兽就能安定一些,也能好好享受自己的新家。

法纳姆对此提不出异议,也不否认眼前的事实。他从没见过炽足兽像现在这样身强体壮、兴高采烈——说它心情激动也不为过。

他来到炽足兽的兽栏附近,看到格林查德正骑在炽足兽背上。

不知道格林查德从哪儿弄来了一个鞍,像绑在马背上一样把它绑在了炽足兽背上,然后骑着炽足兽在熔岩池里穿行。即便有鞍,格林查德也控制不了炽足兽前进的方向,不过兽栏的面积不算大。而炽足兽背上的格林查德只是笑着,似乎十分享受骑着炽足兽在兽栏里乱跑的感觉。

游客目瞪口呆地看着眼前的一切,以至于把动物园堵得水泄不通。

法纳姆正准备开口让格林查德从炽足兽背上下来,回到兽栏外边,但他下一刻又咽下了到嘴边的话。

法纳姆不知道自己为什么选择沉默。或许是因为,他想一直欣赏游客吃惊的样子,毕竟这番景象在以前的动物园里并不多见。或许是因为,他体会到了炽足兽的兴奋:一种被人鼓动着在熔岩池里随意走来走去的快感。又或许，只是因为他看到了朋友脸上那傻乎乎的笑容。

"他俩看起来玩得挺开心嘛。"

法纳姆转过头，发现麦查正靠在他肩上，欣赏着兽栏里上演的这场粗犷的演出，和其他人一起放声大笑。她朝格林查德点了点头："你觉得呢？"

"你是指炽足兽，还是指骑在它上面的那家伙？"

"两者都是。"麦查笑道，"你知道吗，如果格林查德能在钓竿上绑些诡异真菌，我敢打赌，他肯定可以让炽足兽变得服服帖帖，而不是像现在这样四处乱逛。"

"你别说，我还真有！在下界遇到的猪灵给了我一些诡异真菌，也许现在正是它们派上用场的时候！等我准备好之后就和格林查德说一声。"法纳姆笑着说道，"不过，倒也不一定非要这么做。"

"也许我们可以时不时让他俩像现在这样来上一次，让游客有些东西能看，而且这说不定还能帮我们分流一下游客呢。"

"不错的想法。"法纳姆摸了摸下巴，"这或许能让格林查德在镇上待久一些，不然他又会嫌镇上无聊选择往外跑了。"

麦查把手搭在法纳姆肩上："他会回来的，我也会。你知道为什么吗？"

法纳姆耸耸肩，没明白这番话的意思："我一直觉得，你们回镇上来只是为了补充物资。"

"确实，你说对了一部分。我们需要食物、水、干净的衣服、装备，以及野外生存所需的其他东西。但这对于习惯风餐露宿的我们来说，并不算真正吸引我们回来的理由。"

法纳姆眯起双眼看着麦查，而麦查依旧目不转睛地凝视着在炽足兽背上玩得正欢的格林查德。

"不管我们在外面待几天、几周，还是几个月，我们都会回来。我们这么做是为了告诉自己'并非孤身一人'。"

法纳姆恍然大悟："我永远欢迎你们回来，我家的炉火永远为你们俩燃烧着。"

麦查温柔地笑了："现在这儿有不少熔岩，取火应该不算困难。"

"确实。"

# 16

# 发现

克里滕的实验取得了成果。让两个猪灵"俘虏"一次次穿过传送门后，克里滕大概明白了猪灵最多能在"有毒"的主世界坚持多久。

并不算久。

幸运的是，两个猪灵都没死，它们返回下界不久便痊愈如初。克里滕不知道这是因为下界能对猪灵施以某种治疗，还是因为主世界缺少猪灵生存的必需物质。但它觉得，这两种推测的本质一样，二者只是在定义上有所区别。

实验的下一步，便是查清保护猪灵免受主世界恶劣环境影响的方法是否存在。

克里滕对此毫无头绪。虽然传送门旁的壁画似乎暗示过地狱疣是解决问题的关键，但壁画并没说清具体该怎么做。

克里滕之前在主世界停留的时间要比那两个被命令留在主世界的猪灵久。虽然克里滕对自己的智力有十足把握,但它并不觉得自己的身体在其他方面有什么特殊之处,其他猪灵对那些症状的抵抗力应该比自己强才对。

那究竟是哪儿不一样呢?

克里滕怀疑法纳姆给它的治疗药水的药效还没消失,也许正是这药水给克里滕提供了某种保护,缓解了它的症状。

现在克里滕手上有两只不错的"小白鼠",它并不打算牺牲自己做这样的实验。但它还是穿过传送门,想试试自己现在能坚持多久。它已经在下界停留数天,药效应该早就消失了。

尽管如此,克里滕回到洞穴时,并未像其他猪灵一样立刻感到不适。

只是症状出现的时间提前了。

难道说,即使过了这么久,治疗药水的药效也只消退了一点儿吗?这似乎不太可能。

也许是某个克里滕没注意到的东西在起作用。

克里滕取下包裹、清空口袋,把东西都放在地上。虽然这里面似乎并没有保护猪灵免受主世界恶劣环境影响的东西,但克里滕明白,自己必须抛出所有假设,然后一个个去试。

它深吸一口气,再次回到了主世界。

它的想法似乎没错,这次它几乎一瞬间就出现了症状,刷新了它在主世界停留时间的最短纪录。

在惊恐之余，它也收获了一些不错的结果：这说明了两件事。

第一，如果治疗药水能在短时间内提供一定限度的保护，那应该存在某个能提供长期保护的特制物品。

它甚至有可能提供永久的保护。

不过这种情况存在的可能性不大。如果猪灵能永久生活在主世界，那为什么留下壁画的古代猪灵会选择离开一个舒适且更易于居住的世界呢？

第二，不论那个能提供保护的物品是什么，至少克里滕第一次来主世界时是带着的。

想到什么的克里滕对刚才放下的东西稍加整理，然后一次只带一样东西，不停地往返于下界和主世界，同时观察自己的状况。直到有一次，它来到主世界后好长一段时间都没有出现症状。

虽然这种状况并没有持续多久。

克里滕回到下界后，看了看手上拿着的东西：是从堡垒中偷来的一大块地狱疣。

不知为何，这种遍布堡垒的奇怪菌类给克里滕提供了些许保护，也许法纳姆给它喝的治疗药水里恰好有这种成分。

唯一的问题在于，克里滕没法儿在下界酿造治疗药水。液体不能在下界单独存在，任何从主世界带来的非瓶装水都会在一瞬间化为蒸汽，而没有水，克里滕就不能酿造治疗药水。

不过，它可以在主世界酿造。

这也意味着，它需要在主世界停留足够长的时间，而它现在还无法做到。

总而言之，克里滕现在获取了新情报，不仅有了新的目标，还有在找到答案前能一直使唤的两个实验对象。

但光有实验对象还不够。

克里滕潜回堡垒，拿走了一个工作台、几个空瓶和尽可能多的地狱疣。准备妥当后，它便开始了实验。

地狱疣明显是解决问题的关键。走运的是，邦菇斯的堡垒里到处是地狱疣。

克里滕唯一缺少的东西是空瓶。下界对空瓶的需求不大，毕竟下界没什么液体需要它来装。尽管如此，克里滕还是在地下房间的一个箱子里找到了几个可能很久以前装过药水的空瓶。

壁画上的古代猪灵喝过这些药水吗？是它们建造了这座堡垒吗？还是说它们以前从主世界人手里换来了药水，喝完后随手将空瓶丢在这儿了？

克里滕永远无法知道问题的答案，但它很高兴自己能找到空瓶。

在实验开始前，克里滕先用地狱疣做了串项链，把它挂在自己脖子上。克里滕欣喜地发现，自己出现不适感的时间大幅延后，身体状况恶化的速度也变慢了。在地狱疣项链的加持下，克里滕将工作台搬到主世界，随后便开始了工作。

首先是用偷来的桶从河里舀水。装满水的桶虽然很重，但克里滕还是设法把它提到了工作台旁边。

接着，克里滕做起了据它所知前无古人后无来者的事情：酿造治疗药水。

克里滕先用地狱疣酿造了一些粗制药水。然后分别往里面加入不同材料进行进一步酿造。做好药水后，它回到下界，坐在两个猪灵俘虏面前，和它们谈起了条件。

"你俩可能或多或少猜到了，我正在研究让猪灵安然无恙地待在传送门对面的办法！"

两个猪灵直勾勾地看着克里滕，眼里满是害怕和疑惑。其中一个猪灵问道："你为什么要这么做？"

"那儿的生物很脆弱！唯一能保护他们的屏障只有让我们无法生存的环境！如果我能找到克服的办法，我们就能征服那个世界！"

"这不可能！"另一个猪灵嘲讽道。

先开口的那个猪灵露出半信半疑的神色："你真觉得自己做得到？"

克里滕点点头："如果能成功，我相信那些帮我做实验的猪灵也一定会名留青史！对不对？"

第一个猪灵点点头，微笑着说道："没错！"

"那你们能帮我个忙吗？我不会强迫你们喝，但我保证喝了不亏！"

第二个猪灵眯眼，盯着药水瓶子："它们有毒吗？"

第一个猪灵嘲笑道:"那些药水是用来解毒的,傻瓜!"

"我才不是傻瓜!"

"如果你觉得那些药水有毒的话,那你就是!"

"那我就把它们全喝了!"

"不,该喝光它们的是我!"

它们一齐看向克里滕。"我先来!"

"不,我先来!"

克里滕笑了:"你俩都会有机会的!"

克里滕给它们松了绑,然后分别给了它们一瓶测试用的药水。它们喝下药水后,克里滕把它们赶到了传送门的另一边。

最初的几次实验收效甚微。虽然它们在主世界的停留时间有所延长,但效果并不明显。尽管如此,实验结果还是给了克里滕一些希望,起码它前进的方向是对的。尽管两个猪灵一直在抱怨自己胃酸肚胀、疲惫不堪,但实验仍在继续。

最终,在无数次实验后,克里滕确信自己找到了这一关键药水的配方,或者说,找到了现在能调出的最好配方。但实验已经持续了一周,两个猪灵的身体状况大不如前,它们也不再像刚开始时情绪高涨。

此时,明智的做法应该是回到堡垒再抓一两个实验对象,但克里滕担心自己的运气已经在前几次行动中消耗殆尽。即便不考虑那两个猪灵俘虏,如果自己拿的东西越来越多,最后也肯定会被谁察觉到不对劲,它想尽力降低发生这种情况的可能性。

### 我的世界　传奇　猪灵归来

克里滕决定亲自做实验。它的身体状况不仅比另外两个猪灵好，而且它还需要对药水的效果做进一步测试，简单地测量保护时长还满足不了它的需求。

"给我在这儿待着。"克里滕一边对两个猪灵说话，一边为实验做最后的准备，"我很快就回来。"

克里滕希望自己刚才的话不会成真。它喝下这瓶被寄予厚望的药水，药水的力量传遍全身。它咬咬牙，穿过紫色旋涡密布的传送门。

洞穴和先前相比别无二致：河流从高处沿瀑布流入洞穴，又穿行而过，在另一侧潜入层岩；岩壁上，壁画若隐若现，向有能之士传授知识。对习惯严酷高温的下界生物来说，这里十分凉爽舒适。

而这回，克里滕没有半点儿先前那种不舒服的感觉！

克里滕坐在地上等着，观察自己的身体有无任何不适，但它只能听到肚子正用擂鼓般的响声发出对久未进食的抗议。

这种事情在它全神贯注时常有发生，身体的需求总会比精神的需求晚到一步。克里滕漫不经心地想，那两个猪灵身体状况会恶化，或许和它们肚子一饿便会偷东西大吃特吃的习惯有关；但现在，克里滕只会在它们饿倒的时候才给它们吃东西。

虽说克里滕只要回到下界就能解决饿肚子的问题，但它觉得这不是暂停实验的理由，尤其是在现在实验进行得十分顺利的情况下。

正当克里滕坐在地上时,河里传来几声响动,它不禁愣在原地。难道河里生活着捕食者?如果有的话,它怎么没有被水淹死?

克里滕对主世界知之甚少,而它也不打算在这儿结束自己的生命。它绷紧肌肉,做好逃跑的准备。

河里的生物浮出水面——这也许是克里滕迄今为止见过的最人畜无害的动物了。它几近半透明的皮肤雪白发亮,身体甚至还没有克里滕金斧的一半长。它摆动着适合于在水里生存的细长四肢,在水里游来游去,炽足兽一脚就能把它踩扁。

克里滕为自己的胆小感到可笑。虽然这个奇怪的世界充满奇怪的生物,但它们也不全是想取走克里滕小命的:比如让克里滕感到一丝善意的法纳姆。

克里滕躺在地上,闭上了双眼。漫长的一周过去,它已经很累很累了。它为了做出这瓶能解决自己所有问题的药水殚精竭虑,也付出了相应的代价。

此时的克里滕除了想在自己房间里休息外别无所求。如果药水照它预想的那样发挥了作用,它也许就能在主世界找到自己的安身之地了。

没准儿某天它还会再见法纳姆一面呢。

不知睡了多久,克里滕猛地醒了过来。它责骂自己,居然犯了这种低级的错误。它也感到很幸运,自己还没有被毒死,没在梦中结束自己的一生。

### 我的世界　传奇　猪灵归来

它已经能感觉到自己因为待在主世界太久而产生了些许不适，虽然不算严重，但也足够把它疼醒。

它需要尽快回到下界。

它站起身，四下看了看，确认自己没有忘记东西。虽然先前和它打招呼的白色生物没了影儿，但它倒是觉得自己看不见最好。它一边大步穿过传送门，一边提醒自己不要忘了给那两个猪灵东西吃。如果它们趁自己不在惹了什么麻烦，它还得朝它们吼上两句。

但克里滕回到下界后，却没能第一眼发现它们。原本坐在传送门前的两个猪灵，已经消失得无影无踪。

克里滕不禁开始思考：这两个被它抓来的倒霉猪灵究竟是自己跑掉的，还是在谁的帮助下跑掉的，而这两种情况对自己而言又分别意味着什么。

正当它准备深入思考时，一个身影从暗处跳出来，用手里的斧头敲了一下克里滕，随后一把掐住它的喉咙，打断了它的思绪。

"哦呀，哦呀，哦呀。"乌格布恶狠狠地笑道，"我们的小猪灵还真是忙呀，对吧？"

# 17

# 思索

  动物园的生意从没像现在这样火爆。游客为了一睹炽足兽的真容，从四面八方蜂拥而至；似乎镇上的所有居民都为此来了一次动物园，有的甚至来了两次。法纳姆的朋友们一直在帮他忙里忙外，同时也为他的成功感到骄傲和高兴。

  但是，如果法纳姆肯对自己诚实，他应该会发现动物园的热度已经开始下降——游客脸上喜新厌旧的表情，还有时不时惆怅地眺望地平线、怀念野外冒险生涯的朋友们发出的慨叹，仿佛都在诉说这个无情的事实。

  动物园长期经营不善的阴影笼罩在法纳姆心头，他不想重蹈覆辙，也不想朋友们再次离开他去追寻"诗和远方"。他必须做些什么，他也知道自己要做什么。

  他不得不再去一次下界。

### 我的世界　传奇　猪灵归来

他能在下界为动物园找到新动物，没准儿还能顺便发现先前一直在找的发光美西螈。不过，这些都不重要，他只要能带回来新东西，给动物园引一波热度就可以了。

虽然他考虑过不辞而别，但他不能这么做。首先，他不能就这样当甩手掌柜，直接把动物园交给朋友们照顾，更何况朋友们已经协助他把动物园打理成现在这般欣欣向荣的样子。

其次，仅仅是去地下深处都让他感到心惊胆战，更别提去下界了。

如果希望顺利回来的话，他需要找些帮手。

他等啊等啊，直到夜里动物园关门，他和朋友们吃完晚饭，他才在休息的时候抛出了这个话题："我一直在想……"

"哦！"麦查微微笑了笑，"这表情我懂，尽管我已经忘了你以前有没有流露过这种表情。"

"我就知道你会的。"格林查德狡黠地笑了笑，"这只不过是时间问题罢了。"

法纳姆皱着眉，疑惑地看着他们："你俩到底什么意思？"

麦查用手指着他说道："野心！"

这个词让法纳姆吃了一惊："什么？"

"她不是在指责你。"格林查德认真道，"她只是指出来而已。"

"我有野心。"法纳姆面朝动物园张开双臂，"这一切都是我做的，对吧？"

"没错！"格林查德说道，"虽然我们帮了忙，但我们其实一直以来都在用各种方式互帮互助，但归根到底，动物园里的一切都确确实实是你做的。只不过在带回炽足兽以前，你是不是一直都有些……嗯……太胆小了？"

虽然法纳姆想让格林查德好好解释一番，但他知道格林查德的意思，毕竟他也有相同的想法。对镇外世界的恐惧将他束缚在原地，他只好集中精力寻找小镇附近的动物。

他想带回更多新动物，但又不想一个人踏上旅途。虽然旅行回来的朋友们偶尔会告诉他在路上能看到各种各样的动物，但这些故事只能吊起他的胃口，他从来都没有动真格地去寻找那些动物，甚至没求过朋友们帮他带回任何一只。

而现在，已经尝到一次甜头的他想再试一次，哪怕第一次的经历是一场几近致命的浩劫。

也许这正是他不敢独自冒险的原因：他想让朋友们陪在他身边。

他决定翻开人生崭新的一页。

"我一直在想……"

格林查德正想开口打断，只见麦查朝他投来锐利的目光，于是他又把话憋了回去。

"炽足兽就像我梦想中的动物园的一块基石。我还想进一步收集天南海北的动物，把它们展示给游客看。而为了实现这个目标，我打算回一趟地下深处，看看能不能发现其他动物。

## 我的世界　传奇　猪灵归来

"我很想回到先前那座瀑布带我去的洞穴，以及和洞穴里的传送门相连的下界。如果说以前的我是队伍中的绊脚石，那现在的我就是无敌的。"

法纳姆提到"下界"时，朋友们脸上的笑容消失了。"你还是想从瀑布那儿过去，对吗？"格林查德问道，"即便是对于像我们这样的老手，这也是很危险的动作。"

法纳姆明白，这儿的"老手"不单指格林查德，还包括他的探险经历丰富的其他朋友。"据我所知，那儿是去下界唯一的一条通道，对吧？所以我们最后还是得过去。我从那儿离开的时候挖了一条直达地面的隧道，希望我们还能找到那条隧道的入口。"

"你有给入口做什么标记吗？"麦查半期待半怀疑地问道。

法纳姆的脸唰地红了："我没想到做这件事，我那会儿光顾着感慨回到主世界真好了！"

格林查德摇了摇头："这就有些棘手了，不过倒也问题不大。如果只是去下界的话，我有个更容易的办法。"

"什么办法？"除了读过的书和听到的传言外，法纳姆对下界不甚了解。

麦查瞪眼看着格林查德："真的吗？你开玩笑吧！"

格林查德对她的担忧一笑置之："我开玩笑干吗？我就是那个意思，你在动物园里看看，真要这么做的话不是很容易嘛。"

法纳姆对他们的谈话仍一头雾水："什么很容易？"

"容易？"麦查挑了挑眉毛，"你是指把它建起来？那确实容易，但然后呢？后面的事情可就不好说了。"她做了个鬼脸。

法纳姆用力一拍桌子，吸引了他们的注意力："我们现在到底在聊什么？"

"自己建一扇黑曜石传送门。"格林查德说道，语气就像法纳姆为新动物造兽栏那样轻巧。

"你做得到？"

格林查德郑重地点点头："做得到。我们甚至能把传送门建在你的动物园里。"

法纳姆这才反应过来麦查刚才那个震惊的眼神是什么意思，此刻的他也露出了同样的表情："这明智吗？"

格林查德笑道："我才不知道什么明智不明智的。不过，这应该比让你回到那个地下深处，进入那扇你熟悉的传送门要明智得多。"

"那要怎么做……"法纳姆察觉到自己有些激动，于是他先缓了缓情绪，然后说出了后半句，"我的意思是，要怎么建传送门呢？"

在法纳姆看来，传送门由某种不朽的法术幻化而成，只有迷失于历史长河中的古代神秘人才能建造，如果任何人都能随时随地建传送门的话，那未免有些太荒谬了。

"它的名字就已经告诉你建造的方法了。"格林查德解释道，"既然叫'黑曜石传送门'，建造材料当然是黑曜石了。你把它建好，然后用火点燃它，嘭！一扇通往下界的传送门就建好了！"

"但我们该上哪儿弄那么多黑曜石？我还从没见过哪儿有一堆黑曜石的。"

麦查叹了口气："那是因为你从没离小镇太远过。如果你像我一样经常挖矿的话，就不会觉得这东西少见了，我工作的时候可没少和它打交道。"

法纳姆觉得自己的希望倍增："所以说，我们只需要去搜集足够多的黑曜石来搭传送门的门框就可以了？这应该能做吧？"

格林查德漫不经心地耸耸肩："当然，如果你想的话。"

"如果？"

"如果你想让自己多做点苦差事的话。"

"那少做苦差事的办法是什么？"

麦查回答了他的问题："你现在可以自己做黑曜石。"

法纳姆一时没理解她的意思。

"黑曜石是一种火山岩，当熔岩快速冷却时便会形成，比如让熔岩流进水里。"

"而动物园里正好有很多的熔岩……"

"回答正确。"格林查德说道，"所以只需要加水——锵锵！黑曜石出现了！"

法纳姆震惊地坐在椅子上："就这样？那为什么大家都没在自家后院建一扇传送门呢？"麦查在座位上扭了扭，说道："这可没有格林查德嘴上说的那么容易。首先，没有钻石镐就不能挖黑曜石；其次，钻石没那么容易找到。"

"但你有一把钻石镐。"

麦查嘴角上扬："那当然，我可是专家！"

"那没事了。还有其他问题吗？"

"一旦你建了通往下界的传送门，你就得谨慎地对待它。既然你能做到从一边传送到另一边，那么其他生物也能做到。你可以想想这会产生多大的隐患。"

"那我们能不能谨慎一些？比如能不能在不用的时候就关上它？"

麦查耸耸肩："那样确实安全不少，但真的百分百安全吗？下界可不存在'安全'这个词。"

"但如果我们只是用它去下界找动物呢？"

"那足够安全了。"格林查德说道，"我们可以把它建在动物园里，这样既不会有人靠近，也不会有人不小心激活它。"

法纳姆摸了摸下巴，这个方案听上去确实比寻找那扇传送门更安全，也更方便。

"好，那咱们开干吧。"

# 18

# 将功补过

乌格布把克里滕扔到王座室的地板上,把克里滕的膝盖和自尊都擦出了伤:"我在仓库里一条密道的尽头发现了这只鬼鬼祟祟吃独食的老鼠!它不仅在您大怒时仓皇而逃,还一直偷我们的东西!"

和上次见克里滕相比,这次邦菇斯气消了不少。稍微冷静后,邦菇斯似乎展现出了比以往更强的好奇心:"你总是这么狡猾!你这回在堡垒外面做什么了?"

克里滕慢慢站起来,抖了抖衣服上的灰尘,但失去耐心的乌格布又一次推倒了它。

"我看见这个小叛徒穿过黑曜石传送门了!"

这话让邦菇斯来了精神,它坐回椅子上,惊讶地看着克里滕:"你已经跟了我这么久,怎么还是能独自整出新花样!

你在传送门另一边发现了什么？"

克里滕本想隐瞒探索和实验的结果，但它知道这么做的下场。如果有机会，乌格布这次一定会把它从堡垒顶上丢下去，欣赏凶猛的下界怪物把它吞下肚的样子。

"我正在做一个对您来说十分重要的实验，但我还没做完！如果乌格布这个傻瓜没有在关键时刻打断我的话，我就成功了！"

乌格布愤怒地拍了下克里滕的后脑勺儿，打算给它点教训，但邦菇斯举起手阻止了乌格布："让它说下去！"

克里滕朝乌格布哼了一声，再次站起身，把衣服整理干净。"那扇黑曜石传送门通向另一个世界——一个遗弃已久的洞穴！而那个洞穴的岩壁上画满了画，记录了很久以前猪灵入侵主世界的传奇故事！"

邦菇斯低头看着克里滕，流露兴趣的同时又心存疑虑："哪一段故事？"

"是那段我们打小就听的！您肯定还记得！一群英勇的猪灵战士入侵了一个陌生的世界，一个打起仗来轻而易举、遍地黄金的世界！"

邦菇斯咕哝着回应道："我想起来了！就是那个拒绝我们猪灵的世界！那这么说来，你找到了去那边的办法？"

这下轮到克里滕起疑了，但它知道，自己除了坦白别无选择："没错！"

邦菇斯兴奋地瞪大双眼，光是想想这条情报会给它带来的好处，它就忍不住垂涎三尺："好哇！这正是我一直想要的！"

听到这番话的克里滕有些泄气。它刚才说这个实验对邦菇斯重要只是为了拖延时间，但现在看来，邦菇斯掌握的情报没准儿比自己还多。克里滕想，比起用计，还是先顺着邦菇斯比较好。

"这正是我们想要的！我们早就征服了附近所有的猪灵族群，现在却只能在这儿好吃懒做，要么等其他猪灵对抗我们，要么等其他猪灵背叛我们。我们要开辟新的领地！如果下界没有，那就去下界之外找！"

克里滕不得不承认，邦菇斯确实有两把刷子。虽然它想过事情可能会发展成这样，但它没想到邦菇斯这么快就看清了局势。不过这也不是坏事，起码克里滕不用多费口舌向邦菇斯解释这件事会给它带来什么好处了。

乌格布试着让邦菇斯冷静："没那么简单！那个世界对猪灵而言就是毒药！"它用手戳了戳克里滕："它绑架了我们的两个兄弟，三番五次强迫它俩去那个世界，差点儿就让它们没了命！"

克里滕转过身，看到那两个猪灵站在乌格布身后，气色比先前好了不少。它们没了先前面对克里滕时的低声下气，现在反倒嘲笑起了克里滕。

克里滕哼了一声，算是承认了乌格布的指控。"我没法儿一个人做完全部实验！它俩是帮我找出解决办法的志愿者！

如果换成乌格布,我想它一定会自告奋勇,然后在第一次实验里光荣牺牲吧!"

这番假设让克里滕脸上露出了笑容,而乌格布则是被气得脸色都变了。

"它撒谎!"乌格布说道,"它除了撒谎什么都没做!"

克里滕知道,不管以前它俩关系如何,现在的邦菇斯再也不会完全信任自己。但克里滕刚才已经给邦菇斯指了一条新路——能让猪灵离开下界,前往可以尽情掠夺的主世界。它的诱惑力很强,强到了不能对其置之不理的程度。

邦菇斯想了想刚才的对话,站起身,瞪眼俯视着克里滕:"让我看看!"

克里滕暗自松了口气,起码现在它的死期能往后延一延。如果没有邦菇斯的命令,乌格布是不会轻举妄动的——起码克里滕希望如此。

乌格布用斧头指着克里滕的背,克里滕则领着它和邦菇斯一起来到了仓库。克里滕把密道的入口指给邦菇斯看,邦菇斯满意地哼了一声。三个猪灵沿着密道前进,来到了黑曜石传送门所在的深坑。

它们来到传送门前,克里滕主动站到一边,好让邦菇斯在光滑的黑曜石门框映衬下的紫色旋涡前大饱眼福;而早已见过这一切的乌格布目不转睛地盯着克里滕,等着它做些"有意思"的事情。

克里滕则谨小慎微,不给乌格布任何攻击甚至杀掉自己的机会。它四下看了看，发现乌格布并没动过那些丢在一边的药水瓶。

克里滕还有机会。

"这就是那扇去主世界的传送门？"邦菇斯怀疑地打量着。

"是的！它会把你带到主世界那边的一个地下洞穴，你只需要挖一条隧道就能到达地面上了！"

"证明给我看！"

克里滕朝传送门走去，乌格布则反手拦住了它："邦菇斯陛下，它并没有把全部的真相告诉您！如果您去了那儿，您就会得病的！"

"我已经说过了！"克里滕驳斥道，"你是没听见还是承认了自己是个傻瓜？"

邦菇斯伸手"切断"了对话："但你说过你在研究治愈这种疾病的药水？"

克里滕点点头："我终于研究出了这种药水，而且效果很好！"

"不要喝它给您的任何东西，它们都被下了毒！"乌格布说道，"您不能信它！"

"乌格布才是那个不能信的家伙！"克里滕反驳道，"自占领堡垒以来，它就一直在挑拨我和您的关系！它只想让我从您身边消失，这样它就有机会推翻您了！"

"够了！"邦菇斯发出怒吼声，"克里滕，把药水分成两半，然后你先喝！至于乌格布，你先给我把嘴闭上！"

克里滕皱起眉："我没法儿在这儿酿造药水！药水，药水，没水怎么做！"

乌格布说道："你撒谎！这里根本就没水！"

克里滕指着传送门反驳："但那边有水！水量比我们这辈子见过的都多！有了水，我就能制作我们需要的药水了！"

"您不能听它的话呀！"乌格布抗议道。

邦菇斯反手给了乌格布一巴掌："闭！嘴！"乌格布不再说话，但眼里满是被羞辱的怒火。

邦菇斯怀疑地瞪了克里滕一眼："就在这儿做！"

"我做不到！药水在下界会瞬间蒸发的！"

"你有已经做好的药水吗？"

克里滕点点头，指着传送门前一堆瓶子中的一个，说："就是这瓶！它的量是够我和您喝的！"

"它在骗您！"话是这么说，但乌格布并不知道克里滕具体会耍什么花招儿，它坚信克里滕不是可以信任的猪灵。

克里滕不得不承认乌格布的怀疑是正确的，毕竟现在事关克里滕的小命。如果克里滕能想办法让自己和邦菇斯在喝下同一个瓶子里的药水后只让邦菇斯中毒，那它肯定会这么做。

"你先来！"邦菇斯对克里滕说道。

克里滕举起瓶子，把它交给乌格布："要不你先来试试？"

乌格布朝克里滕吼了一声，但再没说什么，它已经惹恼了邦菇斯一次，没必要重蹈覆辙。

"来呀！"邦菇斯朝克里滕吆喝道，"喝呀！"

"我会喝的！不过我建议，我们俩可以先到传送门的另一边，这样您就能亲身体验不适的感觉了！"

"我为什么要那么做？"

"如果喝了再过去，您就不会有不适的感觉，这样您就会怀疑我的药水没用！"

邦菇斯点点头，理解了它的意思。邦菇斯盯着眼前这个小猪灵，说道："然后你就会让我明白自己有多需要这玩意儿——或者说，有多需要你！"

克里滕微笑着，认可了邦菇斯的推断。尽管饱经风霜的战友情有了裂痕，但它们彼此间的默契还在。

"是要我先过去，还是你们中的谁想先吃这只螃蟹？"克里滕知道，领路的活肯定由自己来干，但它也清楚，如果自己坚持，另外两位就会有意见了。

邦菇斯朝传送门摆了摆手："你来带路！"

克里滕二话不说穿过了传送门，邦菇斯和乌格布则紧随其后。邦菇斯已经迫不及待地想看看美妙的新世界是什么样了，而乌格布也不想让克里滕离开自己的视线哪怕一秒。

克里滕已经来过这个洞穴无数次，它知道接下来会发生什么。它站在后面，看着另外两个猪灵对眼前的新世界啧啧称奇。乌格布警觉地看着四周，防备任何可能出现的袭击，贪婪的邦菇斯则沉浸在了幻想这次机遇带来的各种可能性里。

看见工作台还在原地的克里滕松了口气，虽然还能再找一个,但毕竟这个工作台陪了它很久,它已经产生了一些感情,所以还是会担心这个工作台出事。

"反正也是等,要不给你们看看我是怎么做药水的吧!"克里滕建议。

乌格布厉声说道:"别耍花招儿!"

邦菇斯如痴如醉地观察着四周,只随意地摆摆手默许了克里滕的提议。在乌格布的监督下,克里滕尽可能快地做了一瓶药水,给它塞上软木塞,然后把药水递给它们。

"就这么简单?"邦菇斯摆出一副很懂行的样子。

"您只需要记住材料的比例和加入顺序就可以了!"

邦菇斯赞许地点点头,乌格布则嘟囔了一句,内心还是觉得克里滕在准备耍花招儿。三个猪灵就这样站在原地,在尴尬的沉默中待了很长一段时间。

不舒服的感觉打破了沉默的局面。乌格布瞪了克里滕一眼,仿佛要把一切问题怪在它头上;而邦菇斯痛得龇牙咧嘴,直指克里滕手里的瓶子。

"这确实很刺激!我相信你那套关于这个世界对猪灵有害的说辞了,即使是像我一样强壮的猪灵也逃不过!那现在我们能喝药水了吗?"

克里滕阴险地笑了笑,把瓶子拿到嘴边,一口气喝光了里面的药水。喝完后,它咂了一下嘴,把瓶子摔在了地上:"真好喝!"

乌格布大声呻吟着。它本想给克里滕一拳,但身体虚弱的它完全使不上劲："你耍我们！"

邦菇斯愤怒地看着克里滕，为它的背叛感到错愕："你对我们做了什么？"

趁它们抱着肚子难受的当口儿，克里滕把另一瓶药水塞进包裹里，然后撒腿开溜。它径直冲进法纳姆挖的通向地面的隧道，一刻不停地向地面跑去，就像它身后有条末影龙在追它一样。

# 19

# 如果是你建的

尽管有些顾虑，但法纳姆还是很高兴朋友们愿意帮他在动物园建一扇黑曜石传送门。他承认自己有些紧张，毕竟在工作、生活的地方建一扇通向下界的传送门多少有些令人不安，不过他已经准备好试一试了。

自从把炽足兽带回动物园后，法纳姆周围的一切都发生了变化。他想建一座梦想中的动物园，但他付出的努力还不够，而他不想到此为止。

虽说法纳姆最近的勇敢表现令人吃惊，他的胆量也随之变大，但不久后的某天夜里，他还是被吓得不轻——那时他周围没有别人，但先前在下界遇到的猪灵却出现在了动物园门口。好吧，他承认，自己那时候发出了尖叫，不过只叫了一小会儿。

缓过神来后，他朝克里藤问道："你来这儿干什么？你又是怎么找到我的？"而那个叫"克里滕"的猪灵完全听不懂他的话，更别说回答他的问题了。尽管如此，克里滕还是用一堆难以理解的手势和意义不明的咕哝声，尽力解释了自己来动物园的缘由和方式。

法纳姆从只言片语里听出，这个猪灵应该是从他俩相遇之处的传送门那儿过来的，不然也没有其他来主世界的办法了，对吧？然后，它一定是跟在法纳姆后面来的动物园。

找到他挖的直通地面的隧道倒是不难，但他还是为克里滕能一路跟到动物园来感到惊讶。他不禁好奇，它是真的跟在自己后面，还是只是在漫无目的地闲逛时偶然发现隧道的。

也许它是跟着炽足兽的气味过来的？炽足兽身上确实有一股明显的气味，这对法纳姆来说有些难闻，但对猪灵来说也许刚刚好。

虽然听上去不太靠谱儿，但这也比其他想法合理多了。

当然，相比于怎么来的这个问题，更重要的问题在于：克里滕为什么来？它来这儿做什么？它为什么要找法纳姆？它想从法纳姆这儿得到什么？

虽然都是简单的问题，但克里滕用咕哝、鼻息和尖叫给出的回答只会让人一头雾水，也不知道它有没有听懂法纳姆的问题；或者说，其实克里滕完全无视法纳姆，只是在自说自话。但不管怎样，法纳姆知道，克里滕出于某种原因确实很想找到他，他也为克里滕找到自己而感到高兴。

下一刻，法纳姆明白了为什么克里滕会手忙脚乱：它的脸逐渐变绿，原先急促的动作变得迟缓，脸上激动的神情也开始变得绝望。

克里滕解下包裹，拿出一个瓶子。它拔出软木塞，把瓶子举到嘴边，挣扎着试图将最后一点儿药水倒进嘴里。

克里滕抖动着手，眼里满是绝望地看着瓶子。它无比渴求瓶子里曾装着的药水，但它现在只能勉强倒出最后几滴。

"那是什么？"法纳姆问道，"我能帮你做些什么吗？"

这时，突然想起些什么的法纳姆把克里滕带到了自家后院的工作台前。克里滕友好地点点头，对他表示感谢。它把瓶子倒置在工作台上，除了示意瓶子空了外，还暗示它手上没有填满瓶子所需的材料。

"你想要什么？"

克里滕的脸色变得更差了。不管它想要什么，只靠简单的手势是没办法说清楚的。

它灵机一动，想到了一个好办法。它从包裹里拿出一块棒状的木炭，开始在工作台后的墙壁上画了起来。

虽然法纳姆反对自家墙壁被乱涂乱画，但他还是控制住了自己，选择耐心等克里滕画完。不一会儿，画完的克里滕后退一步，伸出双手指着墙壁上画的东西。

一扇黑曜石传送门。

"你想让我把你带回黑曜石传送门那儿？"

虽然克里滕不能理解他的意思，但它还是一边喘着粗气

## 我的世界 传奇 猪灵归来

一边使劲点头。毕竟它除了做这些动作外也说不出什么，不是吗？

法纳姆用力咽了咽口水。他已经下定决心不再回到地下深处去找那扇传送门，但克里滕现在正哀求他这么做。

"好吧。"法纳姆试着让激动的克里滕冷静下来，"我只需要整理一下思绪，再看看朋友们愿不愿意跟过来。"

他把克里滕带到厨房的餐桌旁，让它坐在椅子上："在这里等着，我马上就回来。"

说完这话，他便跑去找朋友们了。

他用尽全力奔跑，向朋友们保证自己会在路上解释事情的缘由。虽然赶路花的时间不算多，但当他带着麦查和格林查德回到厨房时，克里滕已经瘫倒在了厨房里。

格林查德忍不住后退了一步："是一个猪灵！"

麦查冲到猪灵身旁："它在你离开的时候就这样了吗？"

格林查德控制着自己伸向剑柄的手。在法纳姆看来，如果不是克里滕昏迷不醒，格林查德肯定会把剑拔出来。

"我忘记和你们说它是猪灵了吗？"法纳姆向朋友们道了个歉，虽然他自己也不知道为什么要道歉。

格林查德警惕地看着克里滕，防止它突然跳起来发动攻击："猪灵是一种危险的生物，它们通常看见谁就攻击谁。"

格林查德开始打量起其他人："你们有谁带了黄金做的东西吗？猪灵这种贪财鬼一看见黄金就跟发了疯似的。"确认厨房里所有人都没带黄金后，他双手抱胸，警惕地看着眼前这个正在受苦的猪灵。

法纳姆回想起他和克里滕第一次见面时克里滕攻击他的情景，于是开口辩解道："也许你俩都对它有不小的误会，它其实没有那么坏。它就是我在下界遇到的那个猪灵，虽然初见的时候发生了一些误会，但它对我还是很友好的。"

格林查德向法纳姆投来意味深长的眼神："你是说自己和猪灵相处得还不错，这种情况我还是第一次听说。不少人第一次见到猪灵后就没能活着回来。"

法纳姆生气地瞪着格林查德："如果真是那样，怎么会有人知道呢？"

"因为你会发现这些人的身上插满了猪灵射的飞箭。"

麦查不停拍打着克里滕，还使劲地摇它的肩膀，但它始终没有任何反应。"不管它打算做什么，起码它现在看起来对我们没什么威胁。"

格林查德端详着克里滕的脸，拉开它的眼睑看了看，然后退了回去。"它已经昏过去了，虽然还有呼吸，但情况不容乐观。"

法纳姆四下看了看："它怎么了？它有没有可能是吃了或喝了什么不适合它的东西？其实我刚才离开的时候它的状态就不是很好。"

"我们的世界不适合猪灵生存，"格林查德一语中的，"它不能待在这儿。"

"什么？这是真的吗？"法纳姆难以置信。

### 我的世界　传奇　猪灵归来

"这就是我们不担心猪灵跟过来的原因。你如果在下界遇到猪灵,只要穿过传送门回到主世界就安全了,它们甚至不会追上来。"

格林查德低着头疑惑地盯着克里滕;"一般来说是这样的。那些跟过来的傻瓜猪灵不一会儿就会变成僵尸猪灵。不过嘛,看样子这个猪灵还是挺乐意跟在你后面的。"

"它才不是什么威胁。它不但在下界里帮了我,还给了我那只炽足兽呢!"

"然后,它就成功地跟了过来,倒在了你的厨房里。鲁莽,实在太鲁莽了。"

麦查挠了挠后脑勺儿:"也许格林查德是对的。它可能是做了什么和主世界有关的事情才变成这样。"

格林查德指着克里滕留在工作台上的瓶子:"它刚才想喝这里面的东西,但没喝成。也许这里面装的是某种药?"

"如果瓶子里什么也没有,那就无所谓了。空瓶子可帮不上忙。"

"那这么说,如果我们想不出办法帮它的话,它就会死在我们眼前。"

格林查德说道:"我有个办法,而且我们早就开始这么做了。"

其他两人大眼瞪小眼,都在等格林查德继续说下去。

"我们都想回到下界,对吧?"

"先前那扇传送门离这儿太远了,"法纳姆反对道,"我们赶不上的。"

"那在这儿建一扇传送门要多久?"

法纳姆和格林查德齐刷刷看向麦查。她一时间有些不知所措,不知道该怎么回答这个问题:"应该不会太久。虽然我不知道这个猪灵能撑多久,但这个办法值得一试。"

和刚进厨房时相比,克里滕的呼吸逐渐变得更加微弱。"那我们赶快开始吧,现在就建传送门!"法纳姆说道。

## 20

# 来做个交易吧

　　克里滕只记得自己昏倒前坐在法纳姆家厨房的桌子旁尽全力保持清醒，先前喝下的药水完全失效，它已无力抵抗主世界带给它的中毒效应。

　　它觉得自己在地面时的不适感比在洞穴里强烈，但这也可能只是因为它在主世界里停留得实在是太久了。它来到法纳姆家的时候就明白，自己需要尽快得到帮助，但它并不确定自己能不能及时把这个意思传达给主世界人。

　　它睁开双眼，发现自己正在下界。

　　克里滕的第一反应是害怕，它以为自己稀里糊涂地回到了邦菇斯的堡垒，不久后就要被乌格布处刑。然后，它看见法纳姆和两个陌生的主世界人正靠在自己身上，它的内心顿时五味杂陈。

但不管怎样,这"五味"里包含着"如释重负"——起码它现在还活着。虽然不知道在下界待了多久,但它已经恢复了精气神,而且四周没有半点儿其他猪灵的影子。

然后呢?它还没想好下一步该怎么做。先前它只想着在邦菇斯和乌格布了结自己前逃出它们的魔爪,在生死存亡关头做到深谋远虑并非易事。

法纳姆伸出手想帮克里滕起身,克里滕接受了他的好意。克里滕朝法纳姆身后瞥了一眼,看见了一扇崭新的黑曜石传送门,它这才意识到自己来到了下界里一个陌生的地方。赤红的下界岩在头顶和脚底肆意延伸,熔岩河和熔岩湖缀于其中,永无止息地流淌。这儿不是它熟悉的绯红森林。

他们正身处于下界荒地。此时的克里滕少见地没了安全感,开始怀念起绯红森林给它的那份安逸——至于这儿离邦菇斯的堡垒有多远,它一无所知。

它只希望自己已经离那儿足够远。

其实克里滕还从那个洞穴的壁画上了解到,制作黑曜石传送门需要很多黑曜石和一簇火焰。然而下界没有天然形成的黑曜石,也没有用来冷却熔岩形成黑曜石的水,所以唯一的通道便是已经建好的传送门。虽然那些变成废墟的传送门也值得一试,但如果想这么做,就需要先用某种特殊的工具搬动黑曜石,否则它们便是无用的。但不巧的是,克里滕手上没有这种工具,甚至它都没见过。

但现在克里滕发现,即使是法纳姆和他朋友这样明显不是大人物的主世界人也能建造传送门。这让它灵光一闪：既然他们能做到，那像它这样聪明的猪灵为什么不能试一试呢？

　　克里滕用手势向三人组道谢，感谢他们对自己的救命之恩，如果他们不采用建传送门这种异想天开的办法的话，它肯定早就在法纳姆家的厨房里一命呜呼了。法纳姆的两个朋友后退几步，只留法纳姆一人和克里滕交谈。克里滕感到很高兴：光是和一个主世界人交流就已经十分困难，同时和三个主世界人交谈更是难上加难；更重要的是，除法纳姆外的其他人都不怎么信任它，不过它也习惯被异样眼光注视了，毕竟猪灵的世界不存在"信任"这个词。

　　克里滕道完谢后，法纳姆似乎还是担心它的身体和安全。他先指指自己的背包，然后又指指克里滕的包裹，仿佛在问克里滕是否还需要他和他的朋友们提供些东西。

　　虽然克里滕表示不打算再麻烦他们，但法纳姆也不肯退让。最后，克里滕"不情愿"地接受了法纳姆的好意。接下来，克里滕得想办法告诉法纳姆自己真正需要什么。

　　克里滕先指了指传送门。法纳姆点点头，显然是在告诉克里滕，他们正是通过这扇传送门把它带回下界的。但克里滕摆摆手，告诉法纳姆他误解了它的意思。

　　克里滕又指了一次传送门，只不过克里滕这次还做出了挥舞的动作，仿佛它正在拿着什么敲击组成传送门门框的黑曜石。法纳姆恍然大悟，他知道克里滕想要什么了。

法纳姆举起双手示意克里滕稍等，他需要和朋友们讨论一下。虽然语言不通，但法纳姆三人还是和克里滕拉开了一些距离，确定克里滕听不到后才开始讨论。

法纳姆对朋友们说出克里滕想要的东西后，他们连连摇头，其中一位更是头摇得像拨浪鼓。他们本身对给克里滕东西这件事就兴致缺缺，觉得救克里滕一命便已足够。

与此同时，克里滕发现自己的逻辑不通。它想要的东西并不能保证自己免受邦菇斯和它手下那些猪灵的伤害。而且，如果他们三个不打算出于好心给克里滕它想要的东西，克里滕就得给他们些什么作为报答，这是克里滕从未预料到的情况。

克里滕完全不认识除法纳姆之外的这两个主世界人，但他们却自由出入法纳姆的"堡垒"，也就是法纳姆居住的地方。他们知道法纳姆想要什么：动物，以及更多的动物。

克里滕在地上粗略地画了只炽足兽，招手让法纳姆过来。虽然画得不怎么样，但法纳姆还是立刻认出了它画的东西，变得激动起来。他一遍遍指着那幅画，同时大声对他的朋友们说了一连串听不懂的话，这让他的朋友们产生了一些兴趣。

法纳姆继续指着那幅炽足兽的画，试着摆出好几种不同的手势，直到克里滕理解了他的意思：法纳姆似乎想表达"更多"的意思，但同时又想表达"不同"的意思。

法纳姆想要更多能在动物园里展出的动物，一只新炽足兽或许是个不错的选择，不过，如果克里滕能提供其他特别的动物的话就更好了。

接下来，克里滕需要弄明白，什么样的动物才叫"特别"。

克里滕不知道主世界人对动物感到"新奇、特别"的标准是什么，它对下界的所有动物已经熟悉得不能再熟悉了。不过，如果克里滕能拿到黑曜石和用来采集黑曜石的钻石镐，它会很乐意帮法纳姆找到他想要的动物。

其他人则用怀疑的眼光打量着克里滕。很明显，他们想知道克里滕为什么想要这些东西，又想拿它们做什么。

要在语言不通的情况下解释拿这些东西的原因确实很棘手，但这时候的克里滕除了尝试解释外别无选择。

克里滕想集中精力说明一个事实：只要有一扇从下界通往主世界的传送门，它就能保证自己的安全。但克里滕不知道自己会在何时何地受到威胁，而只用它和法纳姆初次相遇时的那扇传送门又太过危险，所以它希望能在自己家附近再建一扇传送门。

很显然，克里滕不打算承认自己被"赶出家门"的事实，因为就某种程度而言，金窝银窝都不如自己的草窝。克里滕环视四周后意识到，这个位于下界荒地的地方并不适合居住，它希望主世界人至少能在这一点上和它意见一致。

虽然讨论进行了一轮又一轮，但最后克里滕和法纳姆还是说服了格林查德和麦查同意这笔交易。法纳姆会给克里滕一把钻石镐和他们用剩下的黑曜石，而克里滕会带新动物来充实法纳姆的动物园。不仅如此，克里滕还会给他们大量的下界岩，好让这些下界的动物在主世界也像在家一样。

法纳姆甚至和克里滕握了握手以示交易达成。克里滕曾听说过，这是主世界人相互间表示敬意的古怪动作。猪灵并不在意这些，对它们而言，只要约定双方都能完成这笔交易就好，如果其中任意一方撕破脸，那交易也就没得做了。

从表面上看，克里滕和他们达成的交易可谓双赢，只是克里滕一直想不明白，为什么法纳姆这么想要动物。他是想拿来向周围人炫耀，还是想拿来做实验对象？不过考虑到法纳姆给自己的东西在下界可谓无价之宝，它也就不打算深究了。

事实上，克里滕已经在思考要如何发挥自己能建造一扇传送门——或者说，建造多扇传送门的优势了。

法纳姆一行人在返回主世界后便破坏了传送门。克里滕不打算责备他们，如果换成它，它也会做同样的事，毕竟，你永远不知道跟在自己后面离开下界的是什么东西。在深坑底部或人迹罕至的洞穴里留下敞开的传送门是一回事，但在家门口留下敞开的传送门就完全是另一回事了。

但没关系，克里滕随时都能重新激活这扇传送门。下界的绝大部分生物对传送门的运作原理一窍不通，但克里滕不是，它已经是这方面的专家了。这意味着，如果有谁想使用传送门，克里滕就会成为它眼中的香饽饽。

比如，邦菇斯。

## 21

# 不给"糖"就捣蛋

这一次,克里滕昂首挺胸地走进了堡垒正门,对守卫说自己有事会见邦菇斯大帝。看着一个猪灵守卫匆忙离去向邦菇斯汇报,克里滕偷偷笑出了声。

克里滕确信,守卫同样会向乌格布汇报自己回来的事情。它对此不以为意,只是示意其他守卫带它去王座室。

克里滕来到王座室,只见邦菇斯和乌格布早已在那儿等候,脸上乌云密布。

而乌格布更是已经出离愤怒,只要邦菇斯一点头,它立刻就会拔出斧头了结克里滕的性命,只不过邦菇斯现在似乎还想让克里滕"垂死挣扎"一下。

"邦菇斯大帝万岁!"克里滕装模作样地走了进来。一般而言,已是邦菇斯老相识的克里滕并不会讲究那些礼节,而它现在这么做，只是为了告诉王座室里的其他猪灵：它这次回来不是为了求邦菇斯饶自己一命，而是为了进行一次实打实的谈判。

"你好哇，克里滕！"坐在王座上的邦菇斯回应道。"你好哇，你这个渣渣！"乌格布则咆哮着朝克里滕走去，"你出现在这儿是活腻了吗？要不让我一斧头把你解决掉吧，这样我们彼此还能省点嘴皮子！"

"行啊，这样的话就能证明大家的眼光没错，你确实是个十足的笨蛋！"

"你说得对！我——等下，你说什么？"乌格布不敢相信克里滕竟然会和它顶嘴，要知道不久前克里滕还是它的阶下囚，靠耍花招儿才逃出了它的掌心。而克里滕现在又若无其事地回来见它，这对乌格布而言真是奇耻大辱。

而这正是克里滕想看到的。

乌格布拔出斧头，不停地朝克里滕挥舞："别再想着耍什么花招儿！我不吃油嘴滑舌这一套！"克里滕心里清楚，如果它和乌格布单独相处的话，乌格布肯定会手起斧落送它上路。

但现场并不只有它们。

"乌格布，站在那儿别动！"邦菇斯仍坐在王座上，向乌格布和其他猪灵宣示它才是这里的王，它不需要动手就能让乌格布服服帖帖。

随着邦菇斯一声令下，乌格布停了下来，斧头悬在半空，维持着准备发动猛烈一击的姿态。它没有向邦菇斯确认是不是下错了命令,而是选择听从指挥,等待邦菇斯的下一道命令。

克里滕明知故犯地微笑起来,这让乌格布的怒意又增添了几分。如果乌格布真的把斧头挥过来,它也做好了躲开的准备,但现在看到乌格布被邦菇斯弄得浑身不自在,它就抑制不住自己内心的兴奋劲。

邦菇斯不想打趣,开门见山:"我的老伙计,你这是又想出了什么大计划吗?"它的话里带着讽刺的意味,"让我听听你的计划能不能抵过逃跑的大罪!"

"无所谓!"乌格布朝克里滕露出尖牙,"我迟早会把这家伙杀了!"

克里滕放声大笑:"看来你的目光也没那么短浅嘛!你想杀了我,我能理解,但我所做的一切都只是为了逃命而已!如果换成你们,你们也会像我这样做的!"

"我们才不会像先前那样半死不活!"

"我相信邦菇斯大帝会做出英明公正的决断!"克里滕本想着自己是不是把牛皮吹过了头,但它转念一想,自己现在确实有扬眉吐气的资本,"我也相信,只要大帝您愿意听我说明,您就会理解我了!"

"你的话简直一文不值!快收起你那套诡计多端的说辞吧!"

邦菇斯对乌格布的这番话嗤之以鼻,它可不想让乌格布对自己指指点点:"说吧,克里滕!让我们看看你葫芦里卖的是什么药！"

乌格布回头看了邦菇斯一眼，震惊于自己的头儿居然对克里滕如此宽容。不过，除了表现不满外，乌格布并未出手阻止克里滕。

"我逃跑是为了实施我的计划！"克里滕说话的对象不单是邦菇斯，还有堡垒里所有可能在听的猪灵，毕竟这座堡垒里的墙壁本身就像纸板一样薄，"我已经想到了一个解决您所有问题的计划！"

乌格布呛道："那夹着尾巴逃跑也是你计划的一部分咯？"

"我们一起入侵主世界才是这个计划的真相！"

克里滕看见站在角落的守卫惊掉了下巴，乌格布也向它投来怀疑的目光，只有邦菇斯示意它接着说下去。

"想必您已经看过主世界那个洞穴里的壁画了吧！那上面描述的是古代猪灵文明席卷主世界，用斧头、弩箭和像锤矛那样的精良武器征服主世界脆弱生物的故事！那时候的堡垒还很新，堡垒里的猪灵也只知道胜利的滋味！"

邦菇斯点点头，就像它已经看过那些壁画，还理解了壁画的意思似的。但克里滕并不这么想，它觉得邦菇斯和乌格布在自己逃跑后就马上逃回安全舒适的下界了。不过，看起来邦菇斯并不打算承认自己那时候的狼狈，也不打算承认自己其实看不懂壁画，尤其是在王座室这个众目睽睽的场合。

"为证明壁画描述的故事是真的，我向您献上这个名为'链锤'的武器。"克里滕从包裹里取出在洞穴里挖到的那套

### 我的世界 传奇 猪灵归来

精致的链锤,将它放在邦菇斯脚下。王座室里的众猪灵对链锤发出一阵阵惊叹,邦菇斯则抓起它挥舞起来,脸上浮现出阴险的笑容。

"那又怎样?"乌格布质问道,"那些都是过去的事了,而且我们现在并不能在主世界来去自由!你对我们耍的把戏已经证明了这一点!"

"既然你回来了,那是不是说明,你的药水其实并不怎么管用?"邦菇斯一边说着,一边让手里的链锤往身旁的地上砸去,地上干脆利落地传来了砰的一声。"不然你为什么要回来呢?"

克里滕笑了,这问题正中它下怀:"因为我想到了一个全新的计划!"

乌格布翻了个白眼。"是啊,你一直都这样!没准儿这次的计划也和以前一样,只是纸上谈兵!"

被打断的邦菇斯怒气冲冲地命令乌格布闭嘴,接着问克里滕:"你到底什么意思?"

"药水的持续时间比预想的要长!"

"有多长?"

"如果效果是永久的,它就不会回来了,指不定在哪儿躲着呢!"乌格布大声回道。

虽然克里滕的想法被乌格布戳穿了,但它不打算就这样停下来:"时间长到能让我从那个洞穴走到自己在主世界的据点!"

邦菇斯挠了挠下巴:"那按你这么说,我们能入侵主世界,只要携带足够的药水就行!你能给我们做药水吗?"

克里滕鞠了一躬,表现出顺从的样子:"当然可以,邦菇斯大帝!"

乌格布怀疑地嘟囔起来:"这听上去像个圈套!我们把一整支军队带过去,然后药效就到期了!这样即使能打赢一次,整场战役还是会输的!"

"你说得对!"克里滕的这番认同让乌格布吃了一惊,它眯起眼盯着克里滕,摆出一副提防它耍花招儿的样子。

克里滕不知道自己有多少把握,但它肯定,头脑简单的乌格布是猜不透它这次的计划的。克里滕理了一下思绪,然后接着说了下去。

"我们确实会被困在那儿,没法儿及时回到下界,但我已经说服主世界人造了另一扇传送门!"

克里滕花了好一会儿时间才让在场的所有猪灵明白它的意思,而邦菇斯是最先领会到的。

邦菇斯眯起双眼盯着克里滕:"你和一个主世界人聊上了?"

克里滕点点头。

"你能听懂他们那些胡言乱语?"

"足够说服他们在自己的领地中央建一扇传送门了。"

邦菇斯一边点头,一边消化着话里的意思:"意思是,我们能在主世界对我们产生影响前入侵并掠夺主世界,并及时回到下界？"

"正是！"

邦菇斯高兴地拍起手："棒极了！我们做得到，我们真的做得到，就像古代猪灵做的那样！我们能入侵主世界，把那个世界变成我们的！再过不久，主世界和那儿的财宝就都是我们的了！"

"哼！"乌格布一脸轻蔑，"一个据点有什么用？难不成我们就乖乖待在那儿，等其他据点联合起来攻打我们？"

克里滕知道，主世界肯定不止一个据点，一旦猪灵入侵的风声传到其他地方，主世界的生物就不会对这支装备精良的猪灵大军坐视不管。他们会组建一支更大规模的军队，把猪灵赶回下界，并减少它们的数量，削弱它们的实力，让它们前功尽弃。

"那将是我们在主世界的第一个据点，未来它就是我们占领整个主世界的桥头堡！"

乌格布高举斧头，它早已对这场争论感到厌烦，打算快刀斩乱麻："我们能待在主世界的时长还不到一天，这样怎么占领主世界？"

"我们不会永远待在同一个地方！我们可以把主世界的所有聚居地逐个毁掉！"

乌格布嘲弄道："你觉得他们会坐以待毙吗？"

"他们别无选择！因为我们会主动出击！"

"就凭一个小小的据点？哈！"乌格布重重地哼了一声，

差点儿没让自己摔到地上。

"当然！我们能通过黑曜石传送门从下界进入主世界袭击所有的聚居地！"

"就两扇传送门有什么用！就靠那两扇在聚居地和洞穴的传送门？那可差远了！"

克里滕嘴角上扬，它抓住了乌格布的把柄："我同意你的看法！不过信不信由你！但我不是在说那一两扇传送门的事，我的意思是造更多的传送门，我们想造多少就造多少！"

这下邦菇斯从王座上站了起来。它探身看着克里滕，眼里的问号变得更多了："你说什么？"

"我想告诉您的是，我已经知道了建造黑曜石传送门的办法！只要有足够的黑曜石，我们想在哪儿建就能在哪儿建！"

乌格布的斧头掉落在地，发出哐当一声，它先前想和克里滕搏斗、想杀死克里滕的那股冲动消失不见了。在这个房间，在这一刻，克里滕已经打败了它。

与此同时，邦菇斯跳下王座，冲向克里滕，把它高举到空中转了几圈："你成功了！我就知道你会成功的！我一直都相信你！"

克里滕紧闭着嘴，不想提起先前邦菇斯对它感到失望、把它赶出堡垒的事情，如果它不识趣地捅破了这层窗户纸，邦菇斯肯定会说自己是故意这么做来刺激克里滕想出这个计划的。但不管怎样，这个计划确实是此前邦菇斯对克里滕一系列行为的结果。

克里滕承认这种说法在某种程度上是正确的——如果它没有被赶出堡垒，如果它没有在走投无路时，选择跑到法纳姆家躲避邦菇斯，它可能永远想不出让猪灵入侵主世界的办法。

但克里滕不想把这些话说给邦菇斯听。

## 22

# 新动物园

事实证明，法纳姆和克里滕的交易出乎意料地顺利。自交易开始后，他们又在下界见了几次，而每次见面的时候，克里滕都会给法纳姆带来新奇的动物。

法纳姆不想让传送门一直开着，所以他只在每天晚上激活一次传送门，看看克里滕有没有给他带来新的动物。如果没有，他就关闭传送门等待下一个晚上的到来。虽然克里滕不会每天都在传送门另一边，但它每次来的时候都能从法纳姆那儿换到不少黑曜石。

克里滕给法纳姆的动物中有雪白的美西螈，看起来很像他们初次见面之前法纳姆追的那只！法纳姆不敢百分百肯定，但如果那只美西螈一直没挪窝，克里滕从下界回到那个洞穴里抓走它也就不奇怪了。

### 我的世界　传奇　猪灵归来

除此以外，克里滕还给了他很多稀奇古怪的动物，其中最有意思的便是疣猪兽。它长得像猪，背上却像长了把扇子一样耸立着的一排毛，嘴里还伸出一对长牙。

和家猪相比，疣猪兽十分暴躁。法纳姆有照顾家猪的经历，他甚至在动物园里也养了家猪；而且法纳姆还用下界岩给所有下界动物围了围栏，好让它们更有家的感觉。但即便如此，他还是花了好一番功夫才压制住疣猪兽想攻击他的冲动。

所幸，法纳姆和他的朋友未雨绸缪。格林查德提醒过他，下界的动物凶猛异常，如果把它们放到动物园，法纳姆就得提前做好准备。于是他们建了不少额外加固过的兽栏，即使是最凶猛的动物，在这些兽栏里也能乖乖听话。

毕竟，法纳姆不能让这些暴躁的野兽挣脱束缚，威胁到镇上居民的安全。倘若这种事情真的发生，他就不得不处理掉那些不守规矩的动物，但这又和法纳姆建造动物园的初衷相悖：他建造这座动物园，就是为了让大家看到各种各样的动物，同时保证人和动物都不会受到伤害。

克里滕第一次把疣猪兽从下界带出来时，法纳姆欣喜若狂，他不禁思绪万千，想象自己未来能在动物园展出多少奇珍异兽。

但不幸的是，疣猪兽在主世界的状态不算好。炽足兽只需要足够的热量便能生龙活虎，但疣猪兽的表现看起来像猪灵一样，仿佛主世界给它下了毒似的。法纳姆觉得，自己早该在克里滕离开之前就察觉到这一点,但那时候的他实在过于高兴,以至于没看出来。

法纳姆本想在疣猪兽病入膏肓前把它送回下界,但每当法纳姆靠近疣猪兽,它都会不由分说地攻击法纳姆,直到它停止心跳,法纳姆都没能给它拴上绳子。

法纳姆伤心欲绝,跪倒在地,为疣猪兽的离去流泪,心疼它本不应遭受如此痛苦的命运。突然,这只死去的动物重新站了起来,径直向法纳姆发起了攻击。

疣猪兽变成了僵尸疣猪兽,打了法纳姆一个措手不及。躲不开攻击的他在腿上被狠狠咬了一口后才努力翻出了兽栏,他需要麦查帮他包扎。

受伤的法纳姆躺在兽栏外,看着"精力满满"的僵尸疣猪兽一遍遍地撞向围栏,不禁说道:"看来这种动物不适合待在动物园里。"

格林查德笑着安慰法纳姆:"你说什么呢?这不挺好的嘛。既然它死了,我们就再也不用担心它的生存问题,也不用再喂它吃东西了!"

"只要不让它再咬你一口就行。"麦查一边说,一边帮法纳姆包扎起了伤口。

法纳姆很高兴麦查能和他说话。先前他和麦查为给不给克里滕钻石镐吵了一架,导致麦查很长一段时间内都选择避开他。

说是吵架,实际上这更像法纳姆恳求麦查献出自己的钻

### 我的世界 传奇 猪灵归来

石镐给克里滕，而麦查不同意。

"这是我的钻石镐，不是你的。"麦查说道，"我可是要用它干活儿的。"

"你就不能再做一把新的吗？这看上去也不是什么难做的东西呀。"

麦查呛道："做起来是简单，但找材料就很麻烦了。钻石本来就是很稀有、很昂贵的东西，至于钻石镐，那更是价值连城了。"

法纳姆早在和克里滕达成交易时便已经料到麦查不愿意给他钻石镐，他那时候以为自己可以说服麦查，很显然，他还没有取得任何进展。

"但我的动物园需要钻石镐！我答应过克里滕会给它一把钻石镐的。"

"那你只管接着给它黑曜石好了。虽然不知道为什么，但它似乎十分想要黑曜石。而且它似乎能接受你只给它黑曜石。"

"它迟早会觉得不耐烦，然后向我们要钻石镐的。为什么不能现在就给它呢？"

麦查翻了个白眼："首先，这不是你的钻石镐；其次，你应该有所保留。它还没给过你几次新动物，你就想把自己所有的筹码交出去，然后指望它继续给你新动物？"

"我相信它。我们说好了的。"

麦查沮丧地朝法纳姆摇头："'天真'，我想这确实是我如此喜欢你的其中一个原因,可你确实不该信任自己不熟悉的猪灵。"

"但是!"法纳姆补充道,"虽然我确实还不怎么熟悉它,但我们一直在加深对彼此的了解。它还没有违背约定,所以我也希望自己能说话算话。"

"那你最好自己攒一把钻石镐给它。"

当时的对话在这里戛然而止。法纳姆一直想重启这个话题,只是他现在不想在麦查治疗自己的腿的时候这么做。

与此同时,克里滕似乎对从法纳姆手里拿到不少黑曜石感到满意,它依旧给法纳姆带来不少新的动物。疣猪兽事件发生后不久,克里滕就带来了新的疣猪兽,虽然疣猪兽还是很凶猛,但起码是活生生的。

"我不想要它。"法纳姆说道,"虽然我很希望动物园里有一只这么棒的动物,但我不想再让一只动物死在我的手上。如果我不能好好照顾它,那我宁愿让它自由。"

其实法纳姆的解释更多是说给朋友听的,毕竟克里滕和他们语言不通。听到克里滕困惑的嘟囔声,法纳姆指着那只新的疣猪兽抬了抬手,随后使劲地朝克里滕摇了摇头。

克里滕理解了法纳姆的意思,它带着疣猪兽消失了。第二天,克里滕还是牵来了疣猪兽,但这次还带了一个装满旧瓶子的箱子。克里滕把牵疣猪兽的绳子递给法纳姆,然后打开了其中一个瓶子。只见瓶子里装满了奇怪的液体,还带着一股厚重的尘土味。

### 我的世界 传奇 猪灵归来

　　克里滕把瓶子里的液体喂给疣猪兽，疣猪兽当即就喝了个精光。接下来的几分钟里，克里滕一直观察着疣猪兽，而疣猪兽看上去也依旧活力十足。克里滕很满意，它脸上带着灿烂的微笑，把瓶子和疣猪兽给了法纳姆。

　　法纳姆举起瓶子问道："我只要给它喝点这个就可以了？"克里滕使劲点了点头。

　　法纳姆本想问克里滕该多久给疣猪兽喂一次药，但他想不到表述这个问题的办法。他原本在想，下界的时间会不会与主世界有区别，但转念一想又觉得这不是什么大问题，只要他和朋友密切关注这只疣猪兽，一旦发现它不舒服就喂药，这样他们迟早能弄明白准确的喂药周期。

　　幸好克里滕带到动物园的其他动物大多不需要费心力照顾，唯一的麻烦在于建兽栏的速度赶不上动物入住的速度，不过好在麦查和格林查德都在给法纳姆帮忙。法纳姆心里清楚，如果没有这两位朋友，他将难以维系动物园的大规模扩建。

　　一天晚上，他们三人结束漫长的工作后，决定小酌几杯，放松片刻。法纳姆举杯说道："我真的很感谢你们为动物园做的这一切，如果没有你们，我没准儿哪天就晕倒在某个食槽里了。"

　　"或是被僵尸疣猪兽吃掉！"格林查德打趣道。

　　法纳姆的腿已经好得差不多了，但阴影仍萦绕在他的心头。这件事给了他一个教训：对待野生动物，特别是来自下界的野生动物,绝对不能掉以轻心。"

"这下又多了一个谢谢你们的理由!"

"这也是符合我们利益的最佳选择。"麦查说道,"如果你变成僵尸,脑袋里想的肯定全是把我们吃掉!"

"如果真是那样也没关系,"格林查德补充道,"我们会把你也关进动物园的兽栏,好好照顾你一辈子。"

法纳姆笑出了声:"总说动物园就是我的亲骨肉,但我还从没想过自己有一天会死在这里面!"

这天晚些时候,法纳姆一行人又聚在动物园后的黑曜石传送门旁,像往常一样点燃它,被激活的传送门也依旧泛着一圈圈的紫色旋涡。

这时候,如果克里滕有想交换的东西的话,它就会拖着大包小包从传送门里跳出来,让法纳姆笑逐颜开。但今天传送门里什么也没有出现——起码现在如此。

麦查拍了拍法纳姆的背:"我们明天再来吧。"

"已经过去好一会儿了。"法纳姆忧心忡忡地盯着传送门,"会不会是克里滕出什么状况了?"

"收集动物可不是件容易的事。"格林查德说道,"也许它被动物抓了?"

麦查嘲讽道:"你这话可说得太可怕了,这下我们的法纳姆可要担心一晚上了。"她又看向法纳姆,说道:"我相信它会没事的,也许它现在正在帮你找真正稀有的动物呢。我敢保证,它已经把那些好找的动物给你了,而找到那些难找的动物还要多花些时间。"

法纳姆咬咬牙，深吸了一口气，他不知道自己现在能做些什么。他不能真的去下界找克里滕，在那儿待太久是很危险的。不管怎么说，他们之间达成的交易就是如此：一手交动物，一手交黑曜石。

他只能等到明天："如果我们过一会儿还是等不到它的话，我们就去门对面找一找，不过今晚就算了。"朋友们郑重地点点头，同意了他的提议。

就在法纳姆准备关闭传送门时，传送门开始闪烁耀眼的紫色光芒。

法纳姆顿时重燃了希望，他已经迫不及待地想看看克里滕这次带来些什么了。

然而，出现的不是克里滕，是一个壮硕的猪灵——他还从没见过这么大的猪灵，而紧随其后的，是一大群全副武装的猪灵蛮兵。

## 23

# 肆虐逞威

"是猪灵军队!"格林查德声嘶力竭地喊道。他拔出剑摆出战斗姿势:"我们要赶紧关闭传送门!"

麦查也拔出剑准备战斗,而嫌麻烦没带剑的法纳姆只能责备自己。法纳姆相信克里滕,所以他每次见克里滕时都不带任何装备。他觉得,哪怕克里滕在交易的时候使绊子,他和朋友们也能在它跑进传送门前追上它,必要的时候,他们甚至能直接关闭传送门。

他没想过会有除克里滕外的其他猪灵一边喘着粗气一边咆哮着穿过传送门,更没想过它们的体形能有两个克里滕那么大!

"来不及了!"麦查一边远离成群结队冲过传送门的猪灵,一边喊,"它们的数量太多了!"

### 我的世界　传奇　猪灵归来

法纳姆希望朋友们的判断是错的，但他下一秒便断了这个念想。十几个威武雄壮的猪灵蛮兵已经踏进动物园，拦住了通往传送门的道路。它们仿佛在引诱法纳姆一行人上前，好让他们为自己的鲁莽付出代价。

打头阵的是格林查德："我们必须试一试，不然就没机会了！"

格林查德是三人中最会用剑的，他冲向眼前成群的猪灵，挥舞起了利刃，让猪灵纷纷后退。格林查德的冲锋鼓舞了麦查，她紧随其后加入了战斗。她飞舞的剑刃宛如护盾，猪灵不敢靠近一步。

没有武器的法纳姆只能在后面给他俩加油打气，他很佩服朋友们遇到猪灵侵略者时的当机立断："你们做到了！加油冲啊！"

法纳姆的朋友们离传送门越来越近。虽然现在到处都是猪灵，但先前一直有猪灵出来的传送门此刻却没了动静。法纳姆内心的希望高涨——但他激动的心情下一秒就被摔碎在地上。

猪灵只是暂时放缓了节奏，好让体形更大的猪灵出来。这个猪灵的体形实在太大，以至于它几乎是挤过传送门的。在看到它的一瞬间，法纳姆的欢呼声哽住了。

这个巨大的猪灵手里拿着一个链锤，链锤之大超出法纳姆的认知。链锤砸向地面的那一刻，法纳姆感觉地面都抖了三抖；这个猪灵咆哮般的鼻息，让法纳姆浑身打寒颤。

"这是圈套！"他朝朋友们大喊，"快跑！"

尽管十分凶险，但面对猪灵的猛攻，格林查德并不打算撤退。他径直冲开体形较小的猪灵，准备和刚挤出传送门的巨猪灵对峙。

值得称道的是，麦查紧紧跟着格林查德前进的步伐，毫不迟疑地守护在他的背后，不让任何一个猪灵接近。和她拉开距离的猪灵不停地挥舞着剑，但都是些不痛不痒的攻击。

在格林查德冲到传送门前，他俩都保持着绝对的优势。矗立在传送门前的巨猪灵高举链锤，发出更洪亮的鼻息声，其他猪灵便像钳子般围住了他们。

只见那只"巨猪灵"（法纳姆喜欢按照自己给东西分门别类的习惯叫它"巨猪灵"）将链锤用力往下一甩，格林查德本可以选择躲开，但两旁的猪灵限制了他的行动，于是最佳的应对办法只剩下举剑格挡即将到来的冲击。

而格林查德也正是这么做的：他一只手紧握剑柄，另一只手握住剑刃末端，尽可能稳住身体重心。但是，随着金色链锤像流星般划着弧线砸下，他的剑应声断成两半。

"不！"和其他人预料的一样，法纳姆发出了一声大喊。

冲击将格林查德击倒在地，转眼间，他便消失在一群蜂拥而上的猪灵中。

麦查一跃而起，挥舞利剑，试图分开猪灵和倒下的格林查德。但其他猪灵也奋起而上，把他俩分开并包围了起来。

那一刻，法纳姆便知道他们已经失败。格林查德和麦查

## 我的世界 传奇 猪灵归来

是他见过的最骁勇善战的战士，但即便如此，他俩也无法对抗如此多的敌人。他们惨遭碾压、一败涂地。

"停下！"他用尽全力大喊，"快停下！我们投降！我们投降！"

他想知道朋友们是否会因为自己想逃避战斗而说自己是"懦夫"，或是更难听的"叛徒"。但此刻，他不想知道答案，他也不在乎答案，他只想让朋友们活下来。

即使他身上有剑，即使他现在突然比朋友们更擅长用剑也无力回天。他的努力好比螳臂当车。

像首领的巨猪灵对法纳姆的哭喊不屑一顾，也不打算出手阻止其他猪灵对他的朋友们施压。格林查德和麦查被压在一层层的猪灵下，很快就要被淹没。

"住手！"法纳姆喊道，"快住手哇！"

猪灵并不理睬他的哭喊声，法纳姆不禁怀疑自己的朋友们早已没了性命。他往前冲了几步，大喊着让猪灵住手，但猪灵随即转过身朝他挥起了武器。

法纳姆这才意识到，问题已经严重到不只是他们仨和动物园的事情了，数量这么多的猪灵足以将整座小镇毁掉。他必须去提醒其他人。

他猛地一个转身冲向动物园大门，边跑边喊："猪灵入侵啦！救命！猪灵入侵啦！"

法纳姆来到大门前才发现，现在还是闭园时间，他早已给大门上了锁。正当他想开锁时，追上他的猪灵用斧柄朝他的脑袋猛地敲了下去。

法纳姆翻身栽倒在地,眼里只剩下朝他走来的面带怒色的猪灵,自觉即将命丧于此的法纳姆一边将双手高举过头顶,一边大喊:"饶命,饶命啊!"

# 24

# 惨遭背叛

  法纳姆从未想过,动物园的兽栏有一天会被用来囚禁自己和自己的朋友。当初建造兽栏的时候,为了在给动物营造舒适的居住环境的同时防止它们逃跑,法纳姆和他的朋友花了不少心思——他们可不想再遇见第二只脱缰的僵尸疣猪兽。

  先前挥洒的汗水变成了如今的"敌人":入侵动物园的猪灵轻松制服了他们,接着把他们丢进兽栏,抢走法纳姆腰带上的钥匙,锁上兽栏门后便扬长而去。

  幸运的是,猪灵大军没有对其他动物下手,包括那只僵尸疣猪兽。它们正安然无恙地待在各自的兽栏里——至少在下一次喂食时间到来前是这样的。

  此刻,法纳姆的第一要务是保证自己的两个朋友都还有呼吸。尽管麦查的伤势不重,但法纳姆也花了好一会儿时间才让她睁开眼睛；与此同时，受伤最严重的格林查德依旧昏迷不醒。

好不容易醒来的麦查说道："那些入侵者压得我喘不过气，昏倒的时候我还以为自己要死了呢。"

"对不起，"法纳姆费了老大劲把眼中的泪水憋了回去，"这一切都是我的错。"

"别傻了。"麦查一边检查自己的肋骨有没有折，一边回应法纳姆，"这不是你的错，要怪就怪那些猪灵。话说回来，你在猪灵堆里看见你的那个朋友了吗？"

法纳姆摇了摇头。

"那么，这件事可能也不是它的错。虽然不知道原因，但相互怪罪对改善局势没有半点儿帮助，我们现在得先把自己照顾好。你的状态看起来还不错，那就来和我照顾一下格林查德吧。"

麦查和法纳姆合力让格林查德的身体状况稳定了下来。虽然格林查德已经虚弱到无法站立，不能随心所欲地战斗，但他还是为自己仍然活着而谢天谢地。

"你需要好好休息一下，"麦查对格林查德说道，"现在是你休息的最佳时机。"

格林查德已经筋疲力尽。即使想，他也不打算在麦查面前逞强。

在麦查料理完格林查德的事情后，法纳姆发现克里滕从传送门里走了出来。法纳姆不禁担心起克里滕，毕竟它并不

### 我的世界　传奇　猪灵归来

在先前拥出传送门的猪灵大军中。它是被其他猪灵抓去虐待了，还是早已经在鬼门关走过一遭了？

但看到克里滕昂首阔步，鼻孔喷气，一副执行任务的样子，法纳姆对它的感情由担心变成了愤怒。它不仅毫发无伤，而且看上去还为猪灵大肆破坏动物园感到扬扬自得。

法纳姆起身朝克里滕挥手，下定决心要从它那儿讨个说法。克里滕转过身朝他点点头，然后便自顾自地离开了。它甚至连一点儿放慢脚步的迟疑都没有！

"别管它了。"麦查说道，"叫住它对你没有好处，让它和其他猪灵继续无视我们反而更好。"

"我们不能就这么让它们走了，它们肯定会袭击小镇的！"

"但现在被困在这儿的我们无能为力。整个镇子应该已经听到猪灵的骚动声了，他们会尽力备战的。"

法纳姆为克里滕的背叛感到愤怒，而其中一部分不满正是来自麦查的实话实说。为了保护小镇，他什么都愿意做。他主张建造的传送门导致了猪灵的入侵，他觉得自己必须担起这份责任。

他还记得自己建这扇传送门是为了救克里滕的命，而克里滕，那个他视为朋友的猪灵，却背叛了他。如果他不建传送门，如果他不来这里，如果他不建这家动物园，大家就能平安无事，小镇就不会遇袭，格林查德也不会受伤。

一切都是他的错，他必须做些什么来弥补，做什么都行！

"我们得想个办法逃出这儿。"法纳姆坚持己见。

"我有个办法。"麦查在格林查德身旁坐了下来。她的行动同样不太利索,法纳姆不禁担心,麦查会不会为了帮他而把自己逼得太紧。麦查接着说:"但你应该不怎么喜欢。"

此时,那个壮硕的巨猪灵正在动物园大门前讲话,发出震耳欲聋且可憎无比的吼声,其他猪灵的欢呼声盖过了周围所有的声音,法纳姆竭尽全力,也只能粗略听到猪灵首领的名字似乎是"方菇斯",又像是"邦菇斯"。本想和麦查继续讨论的法纳姆现在也只能先保持沉默,静静地观察着猪灵。

看到猪灵大军冲出动物园袭击小镇,法纳姆害怕得倒吸一口凉气,开始担心起邻居的住宅和他们的安危。法纳姆想,即使幸存,大家也不会原谅他,不会原谅他这个打开黑曜石传送门让猪灵进入小镇横冲直撞的罪人。

不过,当猪灵大军离开后,克里滕却和首领吵了起来。不一会儿,这个"小叛徒"明显败下阵来,被扔进了法纳姆一行人所在的兽栏。

法纳姆本能地想往克里滕背上踢一脚。既然他不能在"方菇斯"或"邦菇斯"或者其他猪灵身上发泄自己的怒火,那就只能由克里滕来做这个受气包了。

正当他跃跃欲试的时候,麦查抓住了他的手臂,希望他能等一会儿,于是法纳姆照做了。考虑到自己迄今为止的判断都失之偏颇,他欣然选择听取麦查的建议。

克里滕爬起来拍了拍身上的灰,麦查也松开了法纳姆的手臂。于是，法纳姆朝蜷缩在地上的克里滕走去。不一会儿，没了耐心的法纳姆清了清嗓子，试图引起克里滕的注意。克里滕抬起头，和法纳姆面面相觑。

接着，克里滕在法纳姆面前跪了下来，开始不停地抽噎，过了好一会儿才止住眼泪。它似乎为自己的举动感到惊讶，仿佛自己是第一次经历这种事情一样，但随后它又开始呜呜地哭了起来。

法纳姆一开始并不同情它，猪灵的入侵让他怒发冲冠，他不想原谅任何一个猪灵。但他随后意识到，从同伴的角度而言，自己也必须承担这次意外的责任。想到这儿，他的内心略有动摇。

法纳姆不擅长记仇。虽然他以前试过几次，但每次都以嫌麻烦而告终。在他看来，和记住"仇恨"本身相比，应对和他处不来的人更让他头大。

不仅如此，现在克里滕和他关在一起，这已经足够暗示它现在在猪灵中是个什么地位了。

看样子，"小叛徒"克里滕也遭到背叛了？法纳姆心里顿时好受了一些。他知道，自己已经没有了不和克里滕合作的理由——至少在逃出兽栏这件事情上，他们的利害关系是一致的。

法纳姆半蹲在克里滕身旁，把它搀扶起来。克里滕拭去眼里的泪水，脸上的神情由沮丧变为坚毅。

"法纳姆。"克里滕的鼻孔里喷出温热的气息。

对克里滕的背叛仍心存芥蒂的法纳姆语气冷淡地开了口：

"克里滕。"

克里滕指着动物园大门，一边比手势一边发出尖锐的叫声，法纳姆只能将其解释为他们需要尽快离开这里。他忍不住表示同意，但随后却又对自己的选择产生了怀疑——毕竟自己以前相信克里滕，结果却给小镇招来了危机，他的朋友们也因此伤痕累累。

他看向他的朋友们。格林查德已经睡着了，正在养精蓄锐；麦查看了看他，又看了看克里滕，郑重地点了点头。

"你的猪灵朋友也许是个叛徒，但你现在和它合作并没有什么坏处。"虽然麦查的声音比法纳姆预想的要虚弱，但她的意志并未因此减弱半分，"只靠你单打独斗对付不了猪灵大军，即使加上我和格林查德也无济于事。"

仍在犹豫的法纳姆摇摇头："但我们能相信它吗？"

麦查笑出了声，但不一会儿，笑声就变成了剧烈的咳声。"不能，但你现在已经意识到这一点了。有了刚才的'基础'，这次你俩合作应该会轻松一些，对吧？它应该不会再次辜负你的信任了。"

这应该是法纳姆这一天听过的最理智的话。他转身狠狠瞪了克里滕一眼，然后伸出了手："好吧，让我们一起努力打败那些侵略者怎么样，我的搭档？"

他指指自己，又指指克里滕，说道："搭档。"

克里滕抓住法纳姆的手摇了摇，咕哝了一声，法纳姆则大胆地把克里滕的举动理解成它也想说"搭档"这个词。

# 25

# 夺取黑曜石

　　克里滕虽然浑身酸痛，但它至少已经不再是孤身一人。当乌格布摘下伪善的面具，把克里滕和主世界人关进同一个兽栏时，克里滕不禁松了口气，它担心乌格布会当场消灭它，但幸好乌格布这次选择了留它性命——虽然这仅仅是为了方便乌格布以后进一步折磨它罢了。

　　但只要它还活着，那就还有机会，虽然被囚禁确实不太好受，但也总比死掉强。

　　克里滕做的第一件事便是向法纳姆下跪祈求原谅。如果它是法纳姆，面对性质如此恶劣的背叛，无论怎样惩罚对方，都是情有可原的，克里滕需要不计代价地减少这种最坏结果出现的可能性。

　　但它最后没有受到任何惩罚，它又一次感到十分震惊。

克里滕简直不敢相信，法纳姆居然会愚蠢到原谅它的过错，居然愿意暂时放下纠葛和自己合作。克里滕不想让这次难得的机会付诸东流，毕竟从来没有哪个猪灵愿意给它第二次机会，它想好好珍惜。

不一会儿，克里滕就想出了一个阻止猪灵入侵主世界的计划，但接下来的麻烦就在于如何把计划告诉法纳姆。它只知道几个主世界人使用的词语，这代表手势要承担其中绝大部分的解释工作。

不过这并不代表克里滕反对猪灵入侵主世界。如果掌权的是它，它也会发起一次类似的行动。只不过它现在意识到自己并非身居高位，做邦菇斯的军师只会让它被放逐，然后被丢进兽栏里。它需要改变这一切。

如果克里滕不想再活在邦菇斯的阴影下，甚至活在乌格布的阴影下，它唯一的办法便是掌握族群的统治权。

虽然不太确定该怎么做，但它知道，自己首先得从兽栏里出来，接着破坏猪灵大军的这次掠夺行动，然后它就能和法纳姆一行人加深彼此间的盟友关系——至少目前是这么计划的。

克里滕高举双手，做出用镐子挖东西的动作。法纳姆最初没看懂它想表达的意思，但麦查看懂了：如果想离开这儿，就得先拿到镐子。虽然实际需要的东西远不止镐子，但这起码是个不错的开始。

突然，法纳姆似乎想起了什么，他跑到兽栏的一个角落里翻找起来。不一会儿，他心满意足地把一把破旧的铁锹举过头顶，仿佛自己刚刚发现的是有史以来最珍贵的宝藏。

虽然克里滕不想给热情高涨的法纳姆泼冷水，但它得让法纳姆面对现实。铁锹能帮他们逃出兽栏不假，但要想达到最后的目标，光有铁锹可不够。

他们需要一把钻石镐。

也正因如此，克里滕和法纳姆争辩了好一会儿。它知道，钻石镐这种特别实用的工具能在某个关键时刻发挥至关重要的作用，但它千算万算，也没算到这个"关键时刻"就是现在。

不管怎么说，如果想挖黑曜石，只有钻石镐才是最称手的工具。

为了让法纳姆弄明白，克里滕先指着铁锹点点头，接着走到兽栏里能看到传送门的地方，用手指了指传送门。

法纳姆皱着眉摇了摇头，他并未理解克里滕的意思。他指着兽栏的墙边举起铁锹，示意自己可以用铁锹挖一条出去的路。他并不像克里滕那样"高瞻远瞩"。

克里滕用手捂着脸，重新比画了一次。法纳姆的脑袋肯定比乌格布或邦菇斯灵光，但他俩现在却不得不以这种方式交流，这让克里滕不禁感到有些沮丧。它觉得自己应该多花些时间学习如何交流，继续精进自己的知识，而不是只想着从对方身上索取。克里滕默默地把这件事列为待办清单的第一项，决定等一切结束后就开干。

终于,在克里滕一次次来回指铁锹和传送门后,法纳姆明白了它的意思。法纳姆高兴得一蹦三尺高,和麦查分享了他的喜悦。

然后,他的脑袋耷拉了下来。他知道克里滕想要什么,但他手里并没有合适的工具,于是他选择向麦查寻求帮助。从克里滕的视角来看,麦查似乎对法纳姆说了些积极的话,但当她把手指向法纳姆的住所时,克里滕和法纳姆都皱起了眉头。

麦查是克里滕唯一见过的持有钻石镐的主世界人。克里滕很久前就看上了这把钻石镐,但苦于一直没有带走它的机会。看样子,麦查肯定把这件工具放在了法纳姆家中——没准儿就在厨房里。但不管怎样,钻石镐对现在被囚禁的他们来说,可谓"远在天边"。

但一番思考后,克里滕反倒觉得他们这次撞了大运。如果麦查在猪灵压倒她的时候带着钻石镐,那这个宝贝肯定会被猪灵没收,然后邦菇斯或者乌格布就会拿着它在小镇上横冲直撞。

既然麦查把钻石镐留在了法纳姆家里,那至少能说明目前钻石镐是安全的。他们需要在猪灵回来洗劫动物园之前逃出兽栏并把它取走。

这时,法纳姆问了克里滕一个问题,但克里滕一点儿也没听懂他说的是什么。于是法纳姆先指了指铁锹,然后指着传送门耸了耸肩,脸上满是困惑的表情,像是在问"为什么"。

### 我的世界 传奇 猪灵归来

克里滕点点头,表示听懂了他的问题。它先做出用镐子敲传送门的动作,接着指着自己的鼻子,表现出在主世界水土不服的样子,最后瘫倒在地。

原来如此!这下法纳姆明白了,如果他们能破坏传送门,就相当于切断了猪灵大军的药水补给。虽然药水能保护猪灵免受主世界的伤害,但药效并不是永久的。

虽然这样做会使克里滕陷入同样的不利境地,但它有自己的独门技能:酿造药水。如果运气好的话,它就能善加利用这一技能。克里滕现在能做的,就是把局势搅得越乱越好,然后不择手段地表现自己,让自己看上去比邦菇斯和乌格布都更加能干。

克里滕觉得自己可以赌这一把。

法纳姆示意他们应该尽早行动,但此时的克里滕还没有传达完全部的计划。法纳姆需要知道计划的后半部分,不然他就有可能让整个行动泡汤。

拆掉眼前的传送门还不够,他们还需要销毁这附近所有的黑曜石。

克里滕四下张望,寻找猪灵大军存放黑曜石的箱子,而这些黑曜石都是先前克里滕从动物园运回下界的。找到箱子后,克里滕激动得蹦蹦跳跳,同时用手不停地指着,好吸引法纳姆的注意力;待法纳姆凑近后,克里滕又一次摆出了用镐子挖掘的动作。

这是和克里滕有交流以来,法纳姆疑问最多的一次。克里滕的本意是想让他销毁那些备用的黑曜石，否则邦菇斯依旧能轻而易举地修复传送门，甚至直接建一扇新的。

他们必须销毁所有的黑曜石，否则破坏传送门只能暂时拖延猪灵的时间，这远远达不到击败它们的程度。

但法纳姆就是理解不到克里滕的这层意思。也许这是因为，克里滕用镐子挖黑曜石的动作没有"销毁"的意思在里面——这个动作只能表达"采挖、破坏"。

他们要做的不是"把大方块敲成小方块"，他们需要的是"彻底销毁"黑曜石。

他们可以在破坏传送门前先把黑曜石搬回下界吗？或许可以，但黑曜石的数量实在太多，如果一次只搬一箱，那他们可能永远都搬不完。

克里滕需要想出其他办法，但它实在想不出。虽然下界和主世界的知识它都涉猎颇多，但关于黑曜石，它只知道这是一种十分坚硬的材料，能用来建造联系主世界和下界的传送门。

克里滕从没真正挖过一次黑曜石，甚至没用黑曜石建造过传送门，它每次来的任务只有一个：把交易得来的黑曜石带回堡垒。它原本有一个建造大量传送门的伟大计划，但这个计划几乎一瞬间就化为了泡影。

克里滕思索着，如果邦菇斯真如乌格布所说的那样打算背叛自己，那邦菇斯要如何在没有它的情况下征服主世界呢？即使是聪明的克里滕都对黑曜石缺乏了解，那其他猪灵就更对黑曜石一无所知了。

乌格布曾扬言，它会让克里滕交出药水的制作方法；如果乌格布还想顺便了解一些有关传送门的情报的话，那应该也不算什么麻烦的事情。

也许这正是乌格布不立刻杀死克里滕的原因。乌格布那笨笨的、满是打打杀杀的脑袋肯定已经意识到了克里滕对它的重要性；即使克里滕对它不重要，它也得先从克里滕嘴里套出那些必要的情报。

想到这儿，克里滕两手一摊，绝望地哼了一声。它一屁股坐在地上，两眼看向远方。

它的知识储备不够，它没法儿独自想出解决问题的办法。

法纳姆走过来站在克里滕身旁，把手放在克里滕的肩膀上。克里滕感到很惊讶，它觉得自己仿佛得到了些许慰藉。它抬头看向法纳姆，看到的是一双明亮澄澈的眼睛。

克里滕不知道现在该怎么做，但法纳姆似乎有他自己的想法。在现在这个想不出办法的节骨眼儿上，克里滕只能选择相信法纳姆，相信他能做到。

它别无选择。

不好的预感涌上克里滕心头，把它吓得冷汗直冒。

# 26

# 开挖

法纳姆感到难以置信,自己在和克里滕交流的过程中学习到了不少东西。虽然语言不通,但先前的相处经历似乎让他们之间达成了某种默契,现在,他们彼此依靠手势、咕哝声和特殊表情传达的信息量比法纳姆预想的还多。

"克里滕想破坏传送门,"法纳姆大声说道——周围没有其他人,所以这话应该是说给麦查听的,"这样就能把猪灵大军困在主世界了。"

"这样真的好吗?"麦查有些好奇,"我觉得还不如把它们困在下界呢。"

法纳姆轻快地哼了一声:"如果你有办法在我们破坏传送门之前让猪灵大军乖乖回去,那我洗耳恭听。"

麦查发出一声苦笑:"但我们得先销毁附近全部的黑曜石

才能破坏传送门,对吧?"

"对,否则它们会重建传送门,我们也就功亏一篑了。"

麦查怀疑地举起手,仿佛课堂上的学生:"所以说,如果我们破坏传送门,它们就会被困在这里,然后就会像克里滕第一次来的时候那样病恹恹的?"

"没错。而且我猜它们没带多少治疗用的药水。"他两眼盯着猪灵大军带来的箱子,猜不出里面装的是什么。

"言归正传,我们怎样才能在它们没命之前先活下来?"

法纳姆摸着下巴思考起来:"这个问题问得好。如果可以的话,我们最好在它们消灭我们之前转移到其他地方。"

"格林查德现在这样可没法儿和我们一起逃跑,这就有些麻烦了。"

"那你有什么好——"

"想不出,我想不出什么好办法,但这也不代表我们不能那么做,即使它们把我们都杀了……"麦查走到格林查德身边,两眼注视着他,纷乱的思绪四处飘散。

"但我们至少能阻止它们,它们统治的野心将到此为止。"

"确实。"麦查虚弱地朝他笑了笑,"那你打算怎么阻止它们?你总得先离开兽栏吧?"

"接着我得去找你的钻石镐。"

"然后你得去销毁黑曜石。"

"最后破坏传送门——大概就是这么个顺序。"法纳姆试着摆出一副鼓起勇气的样子,他不确定自己能不能说服其他人,特别是对他了如指掌的麦查,"很简单,对吧?"

她咳嗽了几声,先前猪灵的攻击对她的肺部并无大的影响。"那你最好现在就开始行动。"

"祝我好运吧。"

她点了点头。于是,法纳姆让麦查留在原地,默默祈祷自己能再见到他们,然后手拿铁锹来到了兽栏角落。为了不让动物挖洞钻出去,兽栏四周的地基大多由石头组成,而此时他的手上并没有其他可以用的挖掘工具。

这个兽栏还没完工,所以他们被猪灵扔进来时里面并没有动物,而且一部分的围栏地基由地狱岩而非石头组成,他手里这把破旧的铁锹应该扛得住。

他正举起铁锹准备开挖,结果下一秒又犹豫起来。尽管他先前被瀑布冲进洞穴时挖过一次隧道,但每次一想到要让自己胆战心惊地在地下深处穿行,他还是会感到害怕。

他那时候这么做,是因为别无选择:要么挖,要么死。

而且他那时候还带着一只炽足兽,他觉得自己不能就这样弃它于不顾,而这次跟着他的却是背叛过他一次的猪灵。

克里滕走过来,对地面发出了咕哝声。它指指铁锹,又指指地面,不知道法纳姆在犹豫什么。

法纳姆知道,自己不得不这么做——尽管过程会很艰难、很折磨,他会厌恶接下来的每分每秒,但他没有退路。

他先是举着铁锹迟疑了一会儿,然后才挖了起来。眼前的泥土三两下就被刨起,他不禁松了口气。

## 我的世界 传奇 猪灵归来

这时,动物园大门处传来逐渐清晰的猪灵叫声——是一小队猪灵叫嚷着回来了。

法纳姆愣在原地,他不知道下一步该怎么做,但麦查似乎想到了办法。她躺在兽栏后轻声对法纳姆说道:"继续挖,到地下深处后把洞口封上就行!它们不会发现的!"

法纳姆不确定自己挖地的时机是否正确,加上害怕被猪灵抓到,所以他选择听从麦查的建议。他拼命地挖着地狱岩,耳边回响着地面上动物园里猪灵的吼叫声。

克里滕也跟着法纳姆跳进了洞,现在正在他旁边默默地看着。法纳姆还是怀疑,这个猪灵有没有必要跟自己一起行动。和它握手言和是一回事,和它在闭塞的地下隧道相处又是另一回事。

随着地上的猪灵叫声越来越近,一声低吼穿透杂音直冲法纳姆的耳膜,听上去像在对其他猪灵发号施令——是第一个穿过传送门的巨猪灵,就是它把克里滕丢进兽栏的。

虽然法纳姆听不清它具体说了什么,但他听到了"克里滕"这个名字。如果它们来找克里滕,却发现克里滕和法纳姆都没了影,肯定会掘地三尺把他俩找出来。

他俩绝不能被其他猪灵发现。法纳姆填上了刚才挖开的洞口,把自己和克里滕封在了地下深处,他俩被黑暗包围。法纳姆愣在原地好一会儿,不知道该往哪儿挖,也不知道接下来该做什么。在暗无天日的地下挖隧道已经够难的了,如果还像无头苍蝇那样乱挖只会难上加难。

克里滕点燃了一根火把，让气氛缓和了一些。

猪灵在把法纳姆丢进兽栏前拿走了他身上的所有东西，只有克里滕是连带随身物品一起被丢进兽栏的——显然，乌格布对克里滕并没那么上心。可是法纳姆也没见克里滕带有什么武器，但不管怎么说，火把才是现在更珍贵的东西。

光线抚慰了法纳姆的内心，给予了他希望，现在的他至少能看清自己的动作——除了看不清自己在向哪儿挖。

不过，和其他地方相比，他对自己的动物园了如指掌。他已经无数次走过动物园的每一个角落，建造了里面的绝大部分设施，如果问谁知道存放黑曜石的地方，那一定是他。

他担心猪灵会听到挖隧道的声音，于是他先把隧道挖深了一些，然后才顺着克里滕指给他的洞口方位继续朝存放黑曜石的地方挖去。

存放黑曜石的地方就在炽足兽的兽栏旁边，而法纳姆相信自己能预判到那儿的距离。他建造兽栏时，就已经在炽足兽的兽栏和囚禁自己的空兽栏间来回踱步了无数次。但那时候的他能自由行动，而不像现在这样在地下深处挖隧道，所以他心里其实也不太有底。

他只能尽自己最大的努力尝试。

即使最后到达的地方是炽足兽的兽栏，也不是什么坏事。炽足兽是十分温驯的动物，以至于法纳姆从不在它的兽栏上挂锁。即使偶尔跑了出来，它也经常一动不动地站着，游客也很喜欢凑上去抚摸它。

我的世界　传奇　猪灵归来

当然，如果从地下出去之后面对的是猪灵，那可就糟了。尽管法纳姆打心底一万个不愿意，但事情的结果并不受他控制。目前是他看不到猪灵，地面的猪灵也看不到他。他只能坚信，自己和克里滕无论挖到哪儿都遇不上猪灵。

在动物园的地下行动其实不算糟糕。虽然法纳姆拿的是铁锹，而不是麦查心爱的钻石镐，但这也足够用来在动物园地下挖来挖去。不过，如果遇到零星分布的岩脉，他还是得稍微绕一下路。此时的法纳姆正有条不紊地前进，他可不想遇上挖出熔岩或者掉进地下洞穴之类的事情。

过了一会儿，法纳姆觉得自己挖得够远了，于是他停下来歇了会儿。他看向一路跟在后面、举着火把照亮隧道的克里滕，指着地面耸了耸肩膀："挖到这儿应该就可以了吧？"

克里滕似乎明白法纳姆的意思，但它不知道怎么回答法纳姆，只能无力地耸了耸肩。法纳姆承认，问猪灵不如问自己，但他也不知道自己为什么会征求猪灵的意见——也许他在为接下来不知道发生什么而感到害怕吧。

尽管如此，他还是开始向地面的方向前进。快到地面时，他放慢了挖掘速度，尽可能不引起地面上猪灵的注意。如果运气好的话，他们会出现在黑曜石旁边，然后他和克里滕就能想办法销毁它们了。

也许他们能把黑曜石运到地下深处，埋在其他猪灵找不到的地方？他不确定这么做管不管用。如果猪灵找不到黑曜石就得死的话，它们肯定会拼了命地把动物园掘地三尺，然后说不定就找到了。

接近地表时,法纳姆停止了挖掘动作,透过薄薄的土层听地面上的声音。猪灵急躁的吼声依旧在他耳边环绕,但他还是半个字都听不懂;但相对而言,先前发号施令的巨大吼声已经听不到了。

法纳姆举起铁锹,铲掉上面的最后一层地狱岩。光线和新鲜空气一同涌入,法纳姆不禁长舒了一口气。

紧接着,一只长手伸进洞里,抓住他的后背,把他从隧道里拎了出来。

被举到空中的法纳姆发出一声尖叫,刚结束人生中最糟糕旅程的他精神恍惚,不知道现在发生了什么。

法纳姆回过神后,发现自己正盯着一双此前从未见过的巨大的眼睛,猪灵湿热的鼻息直冲他的脸庞。它是跟在大部队后穿过传送门的猪灵,是挥舞金色链锤、命令其他猪灵掠夺小镇的始作俑者。

他被邦菇斯抓了个正着。

# 27

# 大战

先不谈这位身形巨大的猪灵首领的名讳——方菇斯还是邦菇斯——光是和它对视,就已经让法纳姆丢了魂。他手足无措,不知道做什么可以让自己冷静,只能使劲乱挥手里的铁锹。

邦菇斯仍在朝法纳姆脸上喷气,他们之间的距离近得法纳姆只能看见獠牙和上面亮晶晶的唾液。邦菇斯肯定已经发现法纳姆和克里滕不在围栏里,直到刚才都还在到处找他们。或许邦菇斯已经在所有需要盯紧的地方安排了守卫,而深知黑曜石对入侵主世界计划的重要性的它选择亲自守在黑曜石附近。又或许,这只是它的偶遇?不管什么原因,抓到法纳姆的邦菇斯兴奋不已。但下一刻,法纳姆挥动的铁锹正劈中它的手臂。

邦菇斯痛苦地尖叫起来。在松开法纳姆的同时把他扔了出去，好让法纳姆没法儿轻易钻回地下，免得自己又得花时间和精力把他抓回来——但此时的邦菇斯并不知道，克里滕正躲在洞口附近。被扔出去的法纳姆在地上翻滚，最后停在了炽足兽的兽栏门前。

炽足兽像往常一样高兴地凑过来蹭着法纳姆，想让法纳姆和它一起玩。虽然法纳姆很想给它些奖励，但他光是站起来就耗尽了力气。

无论是"方菇斯"还是"邦菇斯"，都像是给一个可怕的怪物起的可怕名字，不仅如此，如果用来形容这位巨猪灵呼出的气里的那股真菌般的刺鼻气味的话，这个名字更是恰如其分。邦菇斯转身朝法纳姆大吼一声，这让法纳姆的血液顿时凝固，地面也随吼声颤抖了几下，尽管这更像被吓得不轻的法纳姆产生的错觉。

急于逃跑的法纳姆转身打开兽栏门。门轻松地开了个口，他赶忙爬过站在一旁的炽足兽，挤进兽栏后撒开两腿跑了起来。

邦菇斯步履沉重地追在后面，在兽栏门前停下来，开始打量兽栏。此时的法纳姆十分沮丧，因为他逃不出去。他和朋友们不仅为炽足兽造了高大坚实的围墙，还在兽栏的后墙边挖了一个熔岩池。

唯一适合法纳姆的方法就是挖地，但他知道这样做来不及。还没等他挖完，邦菇斯就会冲上来把他抓住。

但他觉得，自己有必要做些什么，什么都可以。

看着走来的炽足兽，法纳姆脑海里顿时有了一个想法。尽管有些荒唐，但如果运气好，他就能为自己争取到想出好计划的时间；而且再怎么说，这也比干坐着等"方菇斯"冲进来敲晕他要好。

法纳姆朝炽足兽吹了声口哨儿，然后拍了拍大腿，吸引炽足兽的注意力。炽足兽小跑到他面前，他一跃骑了上去。

幸好格林查德把鞍留在了炽足兽背上，法纳姆可以直接坐上去；而且，为了让炽足兽听话好好走路，格林查德还在炽足兽身上留下了一根绑着诡异真菌的钓竿。如果炽足兽知道想吃的东西就在自己身上的话，应该会很沮丧吧。

但是，天算不如人算。法纳姆并不精于骑术，他骑上炽足兽的时候就差点儿从另一边滑下来；不仅如此，在鞍上维持平衡同样花费了他不少力气，先前一直带着的铁锹也从他手上滑落下去。

一看到法纳姆骑上炽足兽，猜出他内心想法的邦菇斯趁他还在炽足兽背上挣扎便径直冲了过来。邦菇斯冲锋时的震天吼声吓坏了炽足兽，仿佛有谁朝它背上狠狠刺了一剑。

尽管法纳姆驾驭不了炽足兽，但这似乎不全是坏事：只见他俩躲开了邦菇斯来势汹汹的链锤，而链锤也重重地砸在了地上。

炽足兽朝兽栏后墙边的熔岩池冲去，法纳姆也使劲抓牢，不让自己从它背上摔下来。换作平常，这样的举动只会把法纳姆吓个半死，但他现在的计划就是让炽足兽进入熔岩池，紧张只会让他不松手的决心变得更加坚定。

炽足兽在熔岩池的对岸、兽栏的另一侧停了下来，这正是法纳姆想要的。趁着炽足兽停下来的空当，他摆正坐姿、抓紧炽足兽身上的鞍，好让自己牢牢握住手里的诡异真菌钓竿。

他边做边回头，看见邦菇斯正站在熔岩池的另一侧，怒视着他俩。它使劲挥舞链锤，试探着两侧之间的距离。尽管法纳姆能感受到链锤挥舞时掀起的风，但注意到链锤离自己还有一段距离后，他稍微松了口气。

法纳姆使劲压住了自己朝邦菇斯吐舌头的想法。尽管现在链锤打不到他，但这并不代表邦菇斯不会把链锤扔过来，只要轻轻一击，炽足兽或者他就会摔倒，然后他就有可能被熔岩烧成灰烬。

炽热的熔岩散发阵阵热浪，让坐在炽足兽背上的法纳姆感到酷热难忍，他不知道炽足兽到底是怎么忍受滚烫的熔岩的。炽足兽虽然看上去像把熔岩当空气，但其实更喜欢待在熔岩上，让自己成为兽栏里的"暖宝宝"。

在法纳姆的认知里，除炽足兽外的所有生物，包括邦菇斯，只要碰到熔岩，都会在一瞬间化为灰烬。邦菇斯仍在熔岩池对面朝法纳姆吼着，嘴里念念有词。那吼声实在太吵，以至于法纳姆第一次为自己听不懂猪灵的语言而高兴，他只希望现在还躲在地下的克里滕能保护好自己的耳朵。

### 我的世界　传奇　猪灵归来

在邦菇斯怒斥法纳姆时,几个胆大的猪灵跟了过来,为它们的首领呐喊助威,同时还不停地嘲讽进退两难的法纳姆。看见小部分猪灵手里拿的弩,法纳姆不禁害怕到打寒颤。熔岩抵挡不了飞箭,一旦猪灵开始射飞箭,他就必须动起来。

这时候,一个猪灵撞到了邦菇斯,正在气头上的邦菇斯一把抓起这只冒失的猪灵朝法纳姆扔去。这可把法纳姆吓坏了,他弯下腰,让自己紧紧贴在炽足兽背上;而炽足兽往旁边一跳,躲开了迎面而来的猪灵。那只不走运的猪灵落进了熔岩池,转眼间便化为了灰烬。

目睹这一切的猪灵纷纷退后,给邦菇斯让出了一大片空地。邦菇斯发出不满的吼叫,即便如此,再也没有哪个猪灵敢造次了。

手下的退缩让邦菇斯出离愤怒,它将金色的链锤高举过头顶。法纳姆意识到接下来要发生什么事情,于是他把诡异真菌伸到炽足兽的鼻子前,引诱它行动起来。

旋转的链锤像扁平的圆盘直冲过来,法纳姆差点儿就没躲开。链锤从他头上擦过,弄乱了他的头发;在把兽栏另一侧的墙砸出个洞后,链锤掉进熔岩池,被烧成了通红的大方块。

不走运的是,法纳姆既够不着墙上的洞,也说不准自己能不能钻过去。如果他这一跳够不着的话,他就要为自己犯的错付出生命的代价。

于是,他让炽足兽继续待在熔岩池内,和愤怒的"方菇斯"能隔多远就隔多远。邦菇斯再一次斥责起了它的下属,而它们也识趣地连连后退，生怕给自己惹上半点儿麻烦。

就在这时，邦菇斯终于冷静了下来；而邦菇斯身后也出现了它的得力干将，也就是那个名叫乌格布的猪灵。法纳姆和炽足兽的处境再次变得危险起来。

邦菇斯一开始并未注意到乌格布，它只想着咒骂法纳姆，想变着法地斥责他，直到乌格布凑到它身后，它才听到乌格布咯咯的笑声。它转过身，想看看到底是谁有如此胆量敢接近自己。

这一转身虽然给了邦菇斯活命的机会，却不足以让它应对乌格布的袭击。

乌格布猛地朝邦菇斯撞去，虽然邦菇斯由于转身减少了受力面积，导致受到的撞击力略有减小，但它的身体还是失去平衡，倒向熔岩池。

邦菇斯下意识地伸出一只脚想稳住身体，却将那只脚伸进了熔岩池。火焰从熔岩池里喷涌而出，点燃了它的腿。

邦菇斯没有摔进熔岩池，而是栽倒在熔岩池边的石头上。邦菇斯使劲在地上打滚儿，虽然最终熄灭了腿上的火焰，但它的那条腿还是残废了。它蜷成一团，发出痛苦的嚎叫。

乌格布站在受伤的邦菇斯身旁，高举拳头，嘴里喊出了一句话。法纳姆觉得，那句话的意思应该是："现在，我就是'乌格布大帝'！"

短暂的犹豫后，反应过来的猪灵高举武器，发出一声声呐喊："乌格布！乌格布！乌格布！"

## 28

# 乌格布称帝

自邦菇斯把法纳姆抓出隧道的那刻起,克里滕心里就没了谱。它想,要不就这样爬出洞去跟邦菇斯道歉,丢下法纳姆一个人,但它很清楚这么做的后果。

它又想,或许可以沿法纳姆刚挖的隧道原路返回,看看能不能回到关着法纳姆的受伤的朋友们的兽栏里。它可以假装被乌格布关进来后就一直待在原地等待邦菇斯发落,但邦菇斯肯定会察觉兽栏里的异样。

想着想着,它脑袋里的胆小鬼探出了头:它可以在隧道里藏得更深一些,祈祷其他猪灵不会发现它,等外面平静下来后再悄悄地返回地面,这样它说不定还能神不知鬼不觉地穿过传送门回到下界。

尽管克里滕的脑袋里塞满了各种想法,但先前的惨痛教训也让它明白,不要在邦菇斯生气的时候瞎掺和。最终,它选择待在原地探听法纳姆的动静,如果邦菇斯没多久就结束了法纳姆的性命,那邦菇斯的心情或多或少会变好一些。如果邦菇斯想留着法纳姆再"玩玩",或者只是单纯打晕法纳姆后把他关回兽栏,克里滕或许能说服邦菇斯饶他一命——不过这些都是后话了。

虽然克里滕害怕被发现,但好奇最终战胜了恐惧。它从洞口探出脑袋,发现法纳姆挖隧道的准头超出了它的预期:装黑曜石的箱子离洞口只有几米远。

看到法纳姆试着骑上炽足兽逃跑,克里滕不禁在心里默默地给他加油,尽管它知道这番尝试的结局多半惨不忍睹。看到法纳姆和炽足兽躲开邦菇斯扔来的链锤,克里滕更是不敢相信自己的眼睛,它还从未见过有谁能在邦菇斯生气后这么久还毫发无伤的。

然后,它看到乌格布毫无预兆地出现,袭击了邦菇斯。

克里滕怀疑乌格布一直以来都在等能除掉邦菇斯的机会,猪灵的生存方式历来如此:弱肉强食。

但问题是,乌格布在体形和力量上都不占优势,即使统治堡垒多年,邦菇斯凶狠狡诈的天性也未磨损半分。面对这种情况,有的猪灵甘愿以其他猪灵不敢想的毅力潜伏多年,只为让时间一点儿一点儿地削弱首领的实力。

但乌格布可没那份耐心,多年来,它一直在找机会除掉邦菇斯。此刻千载难逢,它下定决心要出手。

### 我的世界　传奇　猪灵归来

乌格布选择毫无预兆地从邦菇斯背后搞袭击，虽然这很不光彩，但克里滕清楚，不会有猪灵对此有半点儿异议。乌格布将取代邦菇斯，再无其他猪灵拥有比肩它的体格、力量和奸诈，自然也无其他猪灵挑战它的权威。

克里滕和邦菇斯共事良久，早在它们年轻的时候，克里滕就开始为邦菇斯出谋划策。尽管克里滕心里明白邦菇斯终有一天会被赶下王位，但它还没为此做好准备。它想靠自己的力量夺走邦菇斯的权力，但它一时间又想不到该怎么做。

看到乌格布袭击邦菇斯，看到邦菇斯的腿上燃起火焰，看到邦菇斯在熔岩池边打滚儿，看到邦菇斯的躯干上留下烧灼的痕迹……克里滕目睹了一切。此刻，克里滕内心的某处仿佛落了一地碎片。

悲伤的情绪将克里滕团团围住，仿佛它下一秒就会淹没其中，它甚至没发现自己的双腿不听使唤地动了起来。一抬腿、一跨步，它从黑曜石旁的洞口探出了身。

起初，克里滕以为自己想去救邦菇斯，去救那位掌权多年的首领，去救那位交情最深的老友。尽管邦菇斯一直以来很少给它好脸色，但它们彼此知根知底，也相互依靠。邦菇斯把它赶出堡垒不假，它也没想到会发生这种事，但它被驱逐的时光也没有持续很久。

不过克里滕也清楚，乌格布统治下的族群未来和绝大部分猪灵只能拥有暴戾而短暂的一生没什么区别。乌格布对克里滕没有半点儿感情，如果可以的话，它会杀掉克里滕，改让一个"榆木"脑袋来做军师。不少猪灵首领并不想依赖军师，它们觉得从其他猪灵那儿听取建议只会显得自己很弱，如果猪灵首领不能展示自己强势的一面，就会招致叛乱。

所以，当克里滕发现自己不是朝邦菇斯而是朝乌格布走去时，它没有半点儿惊讶。邦菇斯的时代或许已经结束，但乌格布的时代还没有开始。

克里滕是现在唯一的变量。

克里滕拿出了它随身携带的剑——在法纳姆面前，甚至在乌格布把它丢进兽栏的时候，它都把剑藏得严严实实。然后，它将剑对准了乌格布。

乌格布对克里滕的接近没有丝毫察觉，它仍旧沉浸在成功背叛邦菇斯、在猪灵蛮兵面前弑主夺权的喜悦之中。

其他猪灵也正忙着给乌格布喝彩。它们很快便意识到，邦菇斯已经落败，现在是乌格布掌权的时代。为表忠心，它们正扯破喉咙响亮地附和着。

这些猪灵觉得，克里滕会和它们一样为新首领欢呼，或是在乌格布面前示弱，祈求得到它的宽恕。不过它们心里也清楚，克里滕的努力是徒劳的，面对这位篡权的新首领，"死得快一点儿"是它能求来的最好结局。

但克里滕不想死，它想扭转颓势，它需要法纳姆挺身而出帮它一把。它希望法纳姆能明白它的计划，越快越好，否则他俩注定都是死路一条，而整座小镇也将为他们陪葬。

克里滕把剑柄紧贴在胸口，来到乌格布的面前。面对眼前欣喜若狂的乌格布，克里滕没有下跪，而是高举剑柄，随后向乌格布的脚背用力刺去。

利剑刺穿了乌格布的脚，击中了地面的岩石。

乌格布得意扬扬的脸瞬间拧成了麻花。克里滕刚一拔出剑，乌格布就立刻缩回了受伤的脚，一边单脚跳，一边发出痛苦的嚎叫。

其他猪灵半晌才反应过来刚才发生了什么，虽然乌格布强壮有力，看着就像个能管事的，但它受伤哀嚎的样子让其他猪灵产生了动摇，它们一时间不敢上去帮助乌格布。

克里滕不想浪费时间。乌格布一跳开，它便拿起剑追上去，等待发起下一次攻击的时机，同时大喊："法纳姆！挖！"克里滕之前多次听法纳姆念叨"挖"这个字来克服内心恐惧，它觉得自己应该没搞错这个字的含义。

法纳姆目不转睛地看着克里滕，为它的勇敢发出阵阵感叹——起码克里滕自己是这么想象的。克里滕心里清楚，身材矮小的自己挑战乌格布这样的庞然大物确实可以惊掉主世界人的下巴，但如果法纳姆再不赶紧动起来的话，自己的举动就不是勇敢而是莽撞的了。

令它高兴的是，它看见法纳姆用某种奇怪的工具把什么东西吊在炽足兽眼前，让炽足兽重新动了起来。炽足兽向前奔跑，载着法纳姆离开了相对安全的熔岩池，朝兽栏敞开的大门冲去。来到门口时，法纳姆俯下身，抓起了先前骑上炽足兽时从他手里滑出去的铁锹。

法纳姆没有半点儿要停下来的意思。克里滕本想瞥一眼法纳姆和炽足兽的去向,但对付乌格布已经让它自顾不暇。

乌格布已经从被袭击的震惊中回过神来,它把伤脚放回地面,准备将痛苦和愤怒尽数倾泻在克里滕身上。乌格布前进的每一步都伴随着剧痛,它忍不住发出阵阵怒吼。克里滕顿时不寒而栗。

"你死定了!"乌格布咆哮着朝克里滕跟跟跄跄地走来,"我要把你撕碎,剁成肉泥!"

克里滕拔腿就跑,这是它现在唯一能做的事。

克里滕觉得,现在乌格布受了伤,自己没准儿真的能摆脱它的追击。要是放在平常,胜负可谓毫无悬念:乌格布的腿比克里滕的腿长,它跑得也比克里滕快,不出几步,乌格布就能抓住克里滕。

不巧的是,其他猪灵已经发现了逃跑的克里滕。它们一跃而起,向目前最能胜任首领的乌格布伸出了援手。

一般来说,绝大部分猪灵不会轻举妄动,它们会让新任首领亲自击败来犯之人,以此来树立首领威信。尽管如此,还是有小部分猪灵紧跟在克里滕后面,因为克里滕正冲向兽栏大门,而它们发现自己刚好站在克里滕和兽栏大门之间。它们转身向克里滕挥舞起斧头和弩,其实也是出于自卫。

克里滕见状,决定绕开门口附近的猪灵,以避免和它们发生正面冲突。但这么做也让克里滕没法儿离开兽栏,这就给了乌格布抓它的机会。如果克里滕想逃出乌格布的掌心,它的步伐必须如闪电般迅猛。

乌格布朝其他猪灵大吼："你们谁敢让那个小叛徒溜掉，我就杀了谁！"

猪灵们听到乌格布的命令，纷纷围在兽栏大门周围，阻止克里滕靠近。它们不会直接攻击克里滕，因为那样做无异于挑衅乌格布对克里滕的复仇之心，不仅讨不来乌格布的赞赏，还会火上浇油。所以，它们其实并不会接近克里滕，如果克里滕靠过来，它们反而还得回到兽栏里面。

虽然克里滕不喜欢像现在这样被迫和乌格布周旋，但它很快就想出了利用自身优势的应对之策。如果法纳姆能理解它的意思，它就不必打败乌格布，毕竟这本身就是件做不到的事情。它要做的，就是避免自己被杀掉，同时尽量拖延时间，好让法纳姆完成他安排的任务。

"跑吧，你这个胆小鬼！"乌格布朝克里滕吼道，"你想跑就跑吧！在我气消之前尽情地跑，跑够、跑累，然后你就能去死了！"

## 29

# 洞与黑曜石

看见克里滕从他挖的隧道里出来的那一刻,法纳姆差点儿就觉得自己活不过今晚了。在被猪灵背叛后,他不觉得自己能指望猪灵给予任何帮助。所以,当他看到克里滕爬出来后不是往反方向跑,而是冲向乌格布时,他的内心掀起一阵波澜。

在克里滕和乌格布缠斗时,他听见克里滕朝他大声嚷嚷起了其他猪灵听不懂的话:"法纳姆,挖!"

克里滕站在熔岩池边说话的同时,手指指向了他们挖的那个洞——不,是指向了那堆猪灵大军从下界带来的黑曜石!

虽然法纳姆一时没搞懂克里滕的手势,但在回想起和朋友制作黑曜石的过程后,他便明白了克里滕的意思。熔岩被

### 我的世界　传奇　猪灵归来

水冷却后会变成黑曜石，但之后采集黑曜石时需要留些心眼儿，稍有不慎，黑曜石就会掉进熔岩化为虚有。

而法纳姆现在正好待在熔岩上，如果能把黑曜石扔进熔岩里，就能把它们全部销毁，但眼下的他想不出任何可以实现这个想法的办法。熔岩池和存放黑曜石的箱子间不仅隔着大量猪灵，还有一个伺机而动随时准备杀死他的乌格布。

但克里滕并不是想让他把黑曜石带到熔岩池里，它只喊了"挖"。

法纳姆之前没理解克里滕的意思——他不能在熔岩里面挖，熔岩会瞬间要了他的命。

但现在他明白了，他可以向地下挖，从放黑曜石的地方一路挖到熔岩池。他不能把黑曜石丢进熔岩，但可以让熔岩流到黑曜石那儿！

要在横冲直撞的乌格布和其他猪灵的眼皮子底下挖隧道着实是个挑战，不过克里滕已经转移了乌格布的注意力，这给了他一线希望。克里滕能争取的时间不多，法纳姆必须速战速决。

一到黑曜石旁的洞口，法纳姆就从炽足兽背上跳下，然后抡起铁锹钻进洞里开挖。

他先挖空了堆放黑曜石的地面的正下方，好让流入的熔岩能完全覆盖存放黑曜石的地方。他原本想提前把黑曜石堆放到自己挖的洞里，但为了不打草惊蛇，他最后还是放弃了这个想法。

挖完后,他从洞里探出头,想看看克里滕和乌格布周旋的结果。

情况看起来并不乐观。

乌格布抓着克里滕的脖子,把它举到半空,想让它窒息而死。克里滕不停地摆动双腿,想弄伤乌格布的手臂,但它的攻击对乌格布毫无威胁。猪灵围在乌格布身边,为新首领的胜利欢呼,欣赏着克里滕被新首领"杀鸡儆猴"的惨状。

法纳姆对此无能为力。曾经背叛他的克里滕,现在同样背叛了自己的新首领,他不过是它背叛路上的工具。乌格布现在能下如此狠手,归根结底是克里滕自作自受。

但法纳姆也不能坐视不管,虽然他忍不了克里滕的反复横跳,认为一切都是它咎由自取,但他就是不想眼睁睁地看着它死掉。

法纳姆不假思索地从洞里跳出来,翻身骑上了炽足兽。

"冲啊!"他听到远处传来麦查的喊声,"快去救它!"

他骑着炽足兽冲向乌格布,大喊道:"把那个猪灵放下!你这野蛮的怪物,给我把克里滕放下!赶紧把我朋友放下!"

乌格布转过身,一脸诧异地看着法纳姆——从来没有猪灵会像他这样不要命地救自己的同伴,尤其是在对方已经狠狠地背叛过自己一次的情况下。虽然听不懂,却能看明白,在乌格布看来,法纳姆的举动完全不合常理。

乌格布怎么也想不通,但不等它反应过来,法纳姆已经冲到它面前,用铁锹对着它震惊的脸拍了下去。

### 我的世界　传奇　猪灵归来

这次袭击比克里滕现身更让乌格布措手不及,它摔倒在地,松开抓住克里滕的手捂住了脸。法纳姆在熔岩池边停下,脑海里冒出和克里滕一起骑炽足兽逃跑的想法。但想归想,他心里清楚自己不能只想着逃跑,他还有更重要的任务。

法纳姆不等自己从炽足兽身上下来便挖起了隧道,在挖到一人一兽刚好能没入地下的深度时,熔岩开始朝他的方向缓慢涌来,四周逐渐变得酷热难耐,如果法纳姆没骑炽足兽,熔岩一定会把他烤焦。

随后,法纳姆开始朝堆放黑曜石的地方挖去,他用尽全力飞快地挖,同时不停地回头观察身后缓慢流动的熔岩。

乌格布从刚才的迎面痛击中缓了过来,它发出如雷鸣般的怒吼,把隧道震得直晃。这时,法纳姆听到地面传来了挖掘的声音,下一刻,随着隧道顶部被挖开,四周变得明亮起来。

他抬头一瞥,只见乌格布正在地上沿隧道上方一路挖来,想揪出他,然后杀了他。

法纳姆重整旗鼓,铆足了劲继续挖。他很清楚,一旦乌格布追上他,他必死无疑!

乌格布随时都有可能想到隧道通向的目的地,然后在法纳姆挖到那儿之前阻止他。法纳姆无路可退,他只能祈祷乌格布的脑袋没那么灵光。

在他身后,隧道顶部被一块一块掀开,乌格布依旧在为抓住法纳姆挖个不停。它每挖开一次,每发出一声失望和愤怒的咆哮，隧道里的法纳姆就挖得更加卖力。

挖着挖着，法纳姆的手臂开始酸痛，炽足兽也变得焦躁不安，开始抗拒法纳姆的指令。他知道，自己还需要再多坚持一会儿，一旦停下就只有死路一条。

快挖到黑曜石下面的坑洞时，法纳姆觉得自己的双臂像被石化了一样没有半点儿知觉。当隧道连通坑洞的那一刻，法纳姆差点儿激动得哭出来。高兴片刻后，他继续骑着炽足兽往前走，毕竟他身后还有滚烫的熔岩呢！

乌格布再一次挖开地面，发出怒吼。但这一次，乌格布挖开的不是充满熔岩的隧道，而是黑曜石下方的坑洞！

看到坑洞的乌格布沮丧地吼了一声。它可能觉得法纳姆已经躲进了某个地下洞穴，此时找到他的可能性几乎为零。法纳姆希望乌格布能跳下来亲眼查看洞内的光景，但这时的乌格布又开始谨慎起来，迟迟不肯跳下去。

法纳姆不想坐以待毙。他在地下一边绕着坑洞的边缘走，一边挖掉了头顶上面的沙砾。虽然手臂累到几乎使不上力气，但他已经不必面对坚硬的泥土了。只要简单地刨开沙砾，他就能看到那些存放黑曜石的箱子；只要把箱子破坏掉，箱子里的黑曜石就能掉进坑洞里的熔岩了。

就在法纳姆快绕坑洞一圈时，他面前的沙砾消失了！很显然，乌格布终于意识到了法纳姆在地下的行踪，现在正打算阻止他。

但问题在于，乌格布这么一挖，不仅没抓到法纳姆，反

### 我的世界　传奇　猪灵归来

而挖掉了洞四周的最后一块沙砾。洞顶的沙砾没了支撑，和所有装着黑曜石的箱子一起落进坑洞内的熔岩，被熔化得连渣都不剩！

在场的两个猪灵蛮兵本想保护那些箱子，却双双摔进了熔岩。法纳姆不禁倒吸一口凉气，如果有机会，他一定会不顾一切地骑着炽足兽扎进满是熔岩的坑洞，把它俩救出来。

但乌格布并不想给他这个机会。

随着黑曜石化为熔岩，乌格布看清了法纳姆的位置。它伸出手，干脆利落地抓住了骑在炽足兽背上的法纳姆。法纳姆本想躲开乌格布，但他还没来得及让炽足兽调转方向，就已经落入了乌格布的掌心。

法纳姆在半空中不停地挣扎，他想把乌格布皮糙肉厚的手掰开，但乌格布体形高大、反应迅猛、体格强壮，加上法纳姆的双臂早已没有力气，所以不管如何使劲，法纳姆都毫无胜算。

如果时间足够，法纳姆或许能想出脱身的办法。但这时的乌格布已经高举手臂，准备把法纳姆扔进熔岩坑，让他死个彻底。但不知怎的，法纳姆用尽最后的一点儿力气紧紧抓住乌格布的手，反而让乌格布没能把自己扔出去。

乌格布恼羞成怒，转身把法纳姆扔向后面的兽栏。这一次，法纳姆筋疲力尽，他再也撑不住了。

撞到地上的法纳姆不停地翻滚，最后狠狠地撞上了兽栏大门，甚至把门撞出了一个洞。

"法纳姆!"

法纳姆昏头涨脑,只能听出是麦查的声音。剧烈的撞击让他动弹不得,他只能眼睁睁看着乌格布冲过来结束他的性命。

就在这时,一双手穿过门上的洞抓住法纳姆,把他拖进了兽栏。

"啊?"法纳姆不知道是谁救了他,"发生什么了?"

他抬起头,看见自己正躺在麦查怀里,而麦查和一旁的格林查德注视着他,脸上挂着温和的微笑。

法纳姆还没来得及说声谢谢,乌格布就猛地撞向了兽栏大门的左半边。很明显,乌格布想进来。

## 30

# 最后一次背叛

在乌格布的猛烈撞击下,兽栏大门几近倒塌。这时,不服输的格林查德挺身而出,发誓要拦住它。他用肩膀顶住门板,用靴子顶住门的底部,这样,即使乌格布撞得再猛,大门也几乎纹丝不动。

"帮我一把!"格林查德朝称赞他勇敢的两人大喊道,"我快坚持不住了!"

安顿好法纳姆后,麦查连忙赶来和格林查德一起顶住大门。乌格布再一次发动撞击,而他俩的努力也再次让它的尝试化为痛苦的嚎叫。

乌格布的吼声让法纳姆行动起来。他站起身,想弄清自己的腿去了哪儿。确认两条腿还在之后,他放弃了滚到门边的想法,选择踉踉跄跄地朝大门走去。然后,他靠在了大门上。

乌格布第三次向大门撞去，法纳姆的牙被撞得嘎嘎作响。

法纳姆觉得这样坚持下去不是办法。他本想如先前那样挖一条逃生隧道，但他低头一看，手上的铁锹无影无踪，估计是刚才乌格布把他扔出去的时候不小心弄掉了。

他回想起自己先前挖的隧道，但他磕磕绊绊地走过去一看，发现洞里的熔岩已经流了过来，把隧道封得严严实实。

而另外一边，邦菇斯花了好长一段时间才只能勉强用伤势不重的另一只脚支撑起身体，这让克里滕有些沮丧。熔岩的烧灼让邦菇斯痛苦不堪，但它复仇的欲望远比脚上的灼伤更加炽热。

所以，克里滕只需要在邦菇斯恢复意识后，告诉它该去哪儿就可以了。

"它就在那儿。"克里滕朝邦菇斯耳语道，"乌格布就在您前面不远处，它不仅受了伤，注意力也全在兽栏大门上，对您可谓毫无防备。现在正是千载难逢的发动袭击的好机会，如果您等它杀死那三个主世界人之后才行动，您也难逃一死；它甚至有可能命令其他猪灵把您推进熔岩池，这样它就不用自己动手了。"

复仇的执念和对悲惨死相的抗拒让邦菇斯忘记了伤口的疼痛。它的脑子里只有一个念头——找乌格布复仇。邦菇斯朝乌格布的方向发出一声激愤的怒吼，克里滕则趁机逃走，偷偷溜进了法纳姆的家。

## 我的世界　传奇　猪灵归来

就在乌格布追着法纳姆想杀掉他时，在兽栏里的法纳姆注意到，克里滕一刻也没闲着，它大部分时间都在忙着做先前看似愚笨此刻却关乎生死的事情：叫醒"方菇斯"。

在乌格布试图撞倒兽栏大门的同时，邦菇斯正拖着烧伤的腿慢慢向乌格布走去。在邦菇斯离乌格布还有一段距离的时候，其他猪灵蛮兵发现了它们的前任首领。大家目瞪口呆，以为邦菇斯死而复生；然后，它们指着邦菇斯，嘴里发出警告般的吼声，试图引起乌格布的注意。

乌格布抓住兽栏大门，似乎放弃了连门带人一起撞倒的想法，改为尝试将门从铰链上扯下。就在乌格布准备发力时，其他猪灵的嘈杂叫声终于引起了它的注意。它回头一看，发现邦菇斯正蹒跚走来。

邦菇斯烧焦的伤腿仍冒出丝丝的黑烟，纯粹的愤怒和坚定的决心成了它克服剧痛的良药。乌格布虽然被吓得不轻，但它并不打算拱手返还首领的位置。它松开双手，转身与邦菇斯对峙起来，准备彻底干掉它。

法纳姆也连忙奔向他的朋友们，他的脑子已经比刚才清醒了一些，而朋友们的状态也比他先前离开时好了不少。

"我已经尽力在帮自己和格林查德恢复状态了。"麦查说道，"格林查德的体质比他的外表更像硬汉。"

"你也是！"格林查德应道，"如果没有你，我可能还在地上躺着呢！"

一声震耳欲聋的吼叫打断了他们的对话。他们转过身，只见乌格布向邦菇斯发起了进攻。虽然乌格布比邦菇斯矮一个头,但现在的邦菇斯废了一条腿,乌格布已经打心底里看不起它了。

邦菇斯摆出应对冲击的架势,但乌格布低下头,朝它的下巴撞去。邦菇斯被撞倒在地,乌格布随即一跃跳到它的身上,死死地压着它。

其他猪灵站在一旁,一副不想站队的样子。法纳姆断定,不管最后的胜者是谁,它们都会欢呼喝彩,假装自己一直都在为赢家加油;除此以外,它们不会干扰这两个猪灵的对决,只会在一旁静静看着,享受两个实力最强的猪灵战斗到底的精彩场面。

"我们现在该做什么?"格林查德问,"它们中的一个迟早会打赢,然后接下来被打的就是我们了。"

"也许它们不会来追我们。"法纳姆没来由地抱着一丝希望,"毕竟它们之前就是像这样把我们关在这儿的。"

"在你逃跑前,以及在我们恢复意识前,猪灵大军的形势是不一样的。"麦查一针见血。

"那真没有其他离开兽栏的办法了?"格林查德四下观望,寻找着反驳的机会。

三人面面相觑,摇了摇头。

一进法纳姆家里,克里滕就翻了个底儿朝天。它在寻找钻石镐,那是最初和法纳姆达成"黑曜石换新动物"交易时的筹码之一。当然,黑曜石也是它计划中的重要一环,有了

## 我的世界　传奇　猪灵归来

黑曜石，它就能随心所欲地在下界建造传送门，把猪灵大军送到主世界的任何地方。

与此同时，钻石镐能让它拥有掌控这些传送门的权力。有了钻石镐，它不仅能建造传送门，还能关闭传送门。

邦菇斯、乌格布和其他猪灵或许没想到这一层，但克里滕想到了，现在正是它将想法付诸行动的时候。

法纳姆已经销毁了猪灵带来的黑曜石，它们已经失去了建造新传送门的能力。猪灵返回下界的唯一入口，就只剩下动物园里的那扇传送门，而要毁掉它，克里滕就必须找到钻石镐。

尽管克里滕没怎么听懂法纳姆和麦查提起钻石镐时说的那些话，但它还是很快就找到了被"藏起来"的钻石镐——虽然从实际情况看，这把钻石镐只是被简单地收起来了而已。克里滕把玩着钻石镐，其极致的实用性和精妙的外观让它不禁沉迷其中。

邦菇斯的吼叫声打破了宁静。克里滕这才意识到，留给自己的时间已经所剩无几，乌格布和其他猪灵很快就会来找它，等到那时候再想全身而退就是不可能的了。

于是克里滕连忙跑出法纳姆的家，直冲传送门，手里紧握着钻石镐。半路上，它看了一下邦菇斯和乌格布的对决，看见邦菇斯被打倒在地。看来，乌格布解决邦菇斯只是时间问题。

"或许现在正是逃跑的好机会。"麦查说道，"大门破了一个洞,兽栏已经关不住我们了。"

"而且,似乎所有猪灵都跑去围观那场大战了。"

仿佛是在回应这句话一般,邦菇斯趁乌格布不注意戳中了它的眼睛。乌格布发出一声尖叫,用手捂住受伤的眼睛。这是邦菇斯第一次痛击乌格布,可谓扭转局势的关键一招。

"真是简单粗暴的攻击。"法纳姆不禁吐槽。

格林查德回道:"这是生死决斗,不是普通的拳击比赛。性命攸关的对决中从来不存在'作弊'一说。"

"也许对猪灵来说,'光明磊落'这个词从来都不存在。"麦查提醒道,"它们似乎并不怎么在意面子。"

"那我们要不要先休息一下?"法纳姆紧张地问道。虽然他很想逃跑,但他的双腿已经累到发软,他担心自己跑不过猪灵。

"即使我们留在这儿休息,我们接下来也不会跑得比它们快;现在的问题是,如果我们再不赶紧行动,我们就追不上它了!"麦查既没管他俩,也没关注邦菇斯和乌格布热火朝天的战斗,她关心的是猪灵内斗以外的其他事情。

"你说什么?"法纳姆走到麦查旁边,伸长脖子想知道她在看什么。

法纳姆的家是整座动物园中唯一不允许游客进入的地方,而此时,法纳姆看见了刚离开自己家的克里滕。先前法纳姆还在好奇,克里滕在叫醒"方菇斯"并挑起"方菇斯"和乌格布的内斗后去了哪里,如果它只是穿过传送门灰溜溜地逃走,法纳姆并不会责怪它。

但现在的情况很明显,去法纳姆家是克里滕计划的一部分,而那儿也正好是法纳姆一行人要去的地方。其他猪灵都被邦菇斯和乌格布的战斗吸引,自然也就不会注意到克里滕已经逃跑;至于现在,其他猪灵发现它的可能性更是微乎其微。

但下一刻,法纳姆意识到,猪灵忽视克里滕的代价将是十分巨大的。

"克里滕正拿着钻石镐!"

麦查点点头:"那个小叛徒肯定是在我告诉你的那个地方找到的钻石镐,虽然它不太会说我们的语言,但我猜,它对我们语言的理解能力肯定比我们预想的强。"

"你的那个小猪灵朋友想拿钻石镐做什么?"格林查德的脑袋还有些昏昏沉沉,"它是想偷走所有的黑曜石吗?"

法纳姆不禁笑出了声:"我刚才已经把它们都销毁了,现在这附近应该没有黑曜石才对。"

"除了那扇下界传送门。"麦查直言道。

终于,在远处观战的一个猪灵发现了克里滕,它恶狠狠地瞪了克里滕一眼。很显然,克里滕已经失了"民心",无论最后的赢家是谁,它都改变不了这个现实。

"嘿!"法纳姆捡起一块石头,朝那个猪灵扔了过去,虽然没扔中,但已经足够引起它的注意,"嘿!看这里!"

那个猪灵瞪了法纳姆一眼,但并没凑过来。如果想凑过来的话，它就不得不吃力不讨好地绕开兽栏大门附近的内斗现场。

法纳姆又捡起一块石头扔了出去。这一次，石头砸中了那个猪灵的腿，它忍不住发出了充满攻击性的尖锐吼声。

法纳姆面露喜色。但下一刻，其他猪灵齐刷刷地朝他看过来，想知道刚才发生了什么事，法纳姆脸上顿时没了笑容。这下，它们不仅看见了那个抱着伤腿跳来跳去的猪灵，还看见了在它身后正准备偷偷开溜的克里滕。

最后，甚至乌格布也看见了克里滕。它停止了对邦菇斯的攻击——如果乌格布不停手，它不出一会儿就能结束邦菇斯的性命，但看见克里滕逃跑后，它一把推开邦菇斯，开始对克里滕大吼大叫。

克里滕愣了一下，或许是在确认刚才的骚动没有暴露自己，但这显然不可能。不一会儿，除邦菇斯外的所有猪灵都朝克里滕冲了过来，一个个都怒吼着要取它性命。

"快跑！"法纳姆大喊。

法纳姆的喊声让克里滕回过了神，它扭头就跑，两条小短腿跑得要多快有多快。

"它跑不了多远，"格林查德猜测，"等到被抓之后，它也离死不远了。"

"它应该来得及跑出动物园大门。但谁知道它之后会怎么样呢？也许它会迷失在黑夜里？"麦查应道。

"它的目的地不是动物园大门。"

## 我的世界 传奇 猪灵归来

"你说什么?"

法纳姆摇了摇头,一动不动地盯着克里滕真正的目的地:"它的目的地是黑曜石传送门才对!"

克里滕一头扎进传送门,消失在紫色旋涡之中。紧随其后的几个猪灵不禁放慢脚步,似乎在犹豫到底要不要追到下界。

"这么做对它有什么好处吗?"格林查德有些疑惑,"难道它在下界就能跑过那些猪灵了?"

"你看到它手里拿着什么了,对吧?"法纳姆忍不住笑出了声。麦查向格林查德解释道:"它拿走了我最心爱的钻石镐。"

格林查德为钻石镐被偷感到有些疑惑:"那你怎么一副高兴的样子?"

"你说我是为钻石镐被偷而高兴?当然不是,我期待的是接下来发生的事情——如果我们的小叛徒动作够快的话。"

猪灵离传送门越来越近,就在几个猪灵几乎要碰到传送门时,紫色的光芒缓缓消失,只留下空荡荡的门框。

目睹此景后,包括乌格布在内的所有猪灵纷纷吼个不停。随后,乌格布像是发布了某种命令,让其他猪灵想办法重新激活传送门。它们射箭,扔斧,把手边的所有东西都扔向了传送门。

但无事发生,传送门岿然不动。

乌格布沮丧至极地大吼起来,其他猪灵——甚至神志不清的邦菇斯也发出了吼声。猪灵痛苦的吼声交织在一起,组成了一曲惊天地泣鬼神的大合唱。

# 31

# 为了一统下界

和最开始被逐出堡垒时的预想相比,克里滕的计划进行得十分顺利。失去邦菇斯的信任已是坏事一件,而在堡垒里亲信全无的现实,更是让其他计划化为了泡影。早在离开堡垒时,克里滕的脑子里就只想着一件事:在逆境里活下来,这是万里征途的第一步。

至于现在?克里滕心里清楚,现在正是它坐上王座成为首领的大好时机,屈居幕后的日子很快就要一去不复返了。

但是要怎么做呢?猪灵社会的主流是仰慕、追随身体素质强悍的猪灵,体形越大的猪灵越有可能掌权,它的统治也越稳定。

这种观念对克里滕不利,而现在正是它改变这一切的时候。

### 我的世界　传奇　猪灵归来

克里滕如果没有逃脱邦菇斯和乌格布的魔爪，没有摆脱它们手下骁勇善战的猪灵蛮兵，没有遇见法纳姆，这一切都不可能发生。

自打在主世界地表下和当时瑟瑟发抖的法纳姆见面开始，回忆起过往的点点滴滴，克里滕浅浅地笑了。它和法纳姆都曾跌落谷底，随后步步高升。

起码克里滕是这么觉得的。

法纳姆的人生是他自己的，不是克里滕的，它已经尽力在帮他了。帮助一个主世界人到这种程度，这是其他猪灵想都不敢想的。

当然，克里滕的努力也得到了回报，而这都得益于它早在那时就敏锐地感知到其中的机遇。

如果克里滕在邦菇斯或者其他任何一个猪灵面前演示激活或关闭传送门的办法，它的计划都将以失败告终。

一回到下界，克里滕便关闭了传送门——它挥舞钻石镐，一块块敲掉了组成门框的黑曜石。

破坏一块黑曜石并不需要多少时间。如果只想让主世界的猪灵回不来，敲掉一块黑曜石就足矣，但为了杜绝下界一侧修复传送门的可能性，克里滕还是把传送门拆了个彻底。

这时它才想到，自己应该喘口气。它在传送门的"遗址"上席地而坐，把钻石镐放在腿上，花时间理了理思绪。

然后，它激动地发出一声胜利的欢呼！

克里滕终于熬过了最艰难的时刻，迎来了属于自己的胜利。现在，再没有什么能阻止它了！

克里滕一路走回了邦菇斯的堡垒。和上次一样，它雄赳赳气昂昂地走进了正门。守卫瞪大双眼看着克里滕，在这个猪灵蛮兵和首领出发征服主世界的时候，它不敢相信克里滕能在毫无陪同的情况下返回堡垒。

"其他猪灵怎么了？"当克里滕从它们身边经过时，其中一名守卫终于没忍住开了口，而它们也不得不跟着克里滕走进堡垒，等待它的回答。

"它们被自己的野心反噬，已经战死沙场了！只有我活了下来！"

两名守卫跟着克里滕向王座室走去，其他好奇的猪灵也紧随其后。最后，当克里滕走进王座室时，它的身后已经聚集了一大群猪灵。

克里滕爬上邦菇斯的王座坐下，其间没有一个猪灵阻止它。克里滕先在王座上扭了会儿屁股，直到自己坐舒服了，它才抬起头看向眼前看热闹的猪灵。

"邦菇斯大帝死了！"克里滕说道——哪怕邦菇斯没有真死，估计也已经离死不远了。克里滕的话引起了骚动。等骚动平息后，克里滕继续说了下去。

"背叛邦菇斯大帝的乌格布也死了！随它们一同前往主世界的猪灵也全军覆没了！"

克里滕的这番话引起了更大的骚动。在场的猪灵已经意识到，自己的族群损失惨重：它们不仅失去了两位最厉害的

## 我的世界　传奇　猪灵归来

首领，还失去了族群中的精锐力量。它们接下来该怎么办？

克里滕对此早有安排。

"现在管事的是我！先前的我们诉诸力量和暴力，结果输得一败涂地！现在我们需要的是谋略和智慧，这不仅能带领我们弥补损失，还能帮助族群前进一大步！"

其中一个守门的猪灵离克里滕最近，它勇敢地代表王座室里的其他猪灵问了一个问题："你凭什么能领导我们？"

克里滕对此早有预料。它掏出钻石镐，敲了一下守卫的头。受伤的守卫退了下去，克里滕则坐在王座上继续说道："因为我知道主世界的秘密！我不仅熟悉去主世界的路，还懂得如何适应主世界的环境，甚至知道征服主世界的办法！"

这群可怜的猪灵刚才还沉浸在损失精锐力量的悲痛之中，下一秒又被克里滕的豪言壮语吓得不轻。它们以前从未见过钻石镐这种"武器"，不知道如何应对它的攻击，更不用说对付拿着这种"武器"的克里滕了。

紧接着，另一名放克里滕进来的守卫开始起哄："克里滕大帝万岁！克里滕大帝万岁！克里滕大帝万岁！"

先是守卫附近的猪灵，再是整个王座室的猪灵，最后是整座堡垒的猪灵——堡垒的每一个角落，都回荡着猪灵的叫声。

"克里滕大帝万岁！克里滕大帝万岁！克里滕大帝万岁！"

此刻，堡垒的前任军师、现任首领，如同王者归来般将钻石镐高举过头顶。每当其他猪灵喊起它的名字,它便把钻石镐举向空中。

作为堡垒的新一任首领,克里滕虽然对自己征服主世界的梦想仍有些许顾虑,但它发誓,它将竭尽自己的智慧和下属们的力量实现这个梦想。总有一天,甚至是不久后的某一天,整个主世界会跪倒在它面前,主世界的所有生物都将知道它的大名。

# 32

# 最后一次机会

乌格布和其他猪灵好不容易才从克里滕这次彻底且成功的背叛中回过神来,它们把目光转向法纳姆和他的朋友们——猪灵内心的怒火无处发泄,而被困兽栏的三人似乎注定要成为它们的出气筒。

乌格布回到兽栏大门前,用大手握住栏杆,准备将门从铰链上扯下,好让自己和其他猪灵冲进兽栏,把里面的三人消灭个精光。但是,法纳姆从乌格布的脸上不仅看出了愤怒,还看出了极度的恐惧。

乌格布注意到法纳姆看破了它的心思,于是它单膝跪地,尽量不让身体因害怕而颤抖。

法纳姆长长地叹了口气。"它们死定了。"他对朋友们说道,"就在刚才,克里滕已经宣判了它们的死刑。"

"你确定?"比起担心入侵者的死活,麦查更担心他们三人可能命不久矣的未来。

"它们已经用光了在主世界维持生存的药水,加上现在的它们再也返回不了下界,等到药效消失,它们就会像那只疣猪兽一样死去,只是早死晚死的区别罢了。"

格林查德咽了一下口水:"然后它们就会像疣猪兽那样变成僵尸?"

"我们不能让它们就这样在外面待着,"麦查有些担心,"我们可不能让一堆僵尸猪灵在小镇周围游荡。"

法纳姆有了个主意:"我们可以帮它们重新激活传送门,这样它们就能回去了。"

格林查德反驳:"然后它们就能随时随地回来侵略我们?你想都别想。"

"我们很幸运,它们似乎解决不了这个问题,"麦查说道,"不然我们早就死了。"

随着死亡的恐惧在法纳姆内心滋长,他突然想到,如果乌格布愿意听他的话,那他们或许还有救。

"我有个想法。"他走向兽栏大门,轻轻朝乌格布挥挥手,好引起它的注意。

"告诉我,你并不打算救它们。"格林查德说道。

"我不知道,"法纳姆回答,"但可以肯定的是,我不会在这儿救它们。"

乌格布注意到了法纳姆。大门在它的摇晃下嘎吱作响,

## 我的世界　传奇　猪灵归来

一股强烈的鼻息仿佛飓风过境。法纳姆没有退缩,他也不能退缩。

"我知道克里滕对你们做了什么!"法纳姆朝乌格布大喊,希望乌格布能理解他在说什么。当他说出克里滕的名字时,乌格布眼里闪过了一丝愤怒。

法纳姆模仿出因中毒窒息而倒地死去的样子。如果放在平常,乌格布可能会嘲笑这种愚蠢的行为,但一想到这将是不久后要发生在自己身上的事情,乌格布和其他猪灵只感受到无尽的恐惧。

乌格布全神贯注地看着法纳姆。法纳姆举起一只手,比画出黑曜石传送门的样子。麦查见状,默契地穿过假想的传送门,在"门"的另一边做出顺畅呼吸的动作。

乌格布朝法纳姆咕哝一声,指了指克里滕留下的空荡荡的黑曜石门框原址,现在想从那儿去下界可谓无稽之谈。

"没错!"法纳姆承认了这个事实,"但你应该知道这不是唯一的传送门,对吧?另一扇传送门正等着你们呢。"

他皱起眉毛、提高音量,摆出在地下寻找传送门的样子,随后做出轻松愉悦的表情。他转身看向乌格布,希望它的反应能如他所愿。

乌格布目不转睛地盯着他,眼睛眨了好几下。过了许久,乌格布终于明白了法纳姆的意思,法纳姆也终于看见它眼里迸发出了怒火。

乌格布歪着头,似乎正在思考。法纳姆觉得自己能猜出它内心的想法：它们有足够的时间赶回位于地下洞穴的传送门吗？还是一切都为时已晚？

法纳姆朝乌格布耸了耸肩。"我不知道你在想什么，但说实话，你还有其他办法吗？要么试一试，要么死路一条。"尽管语言不通，但法纳姆希望能把自己的感情传达给乌格布。

乌格布松开抓住兽栏大门的手，脸上虽是败者的表情，但斗志未消。它神色凝重地点点头，先是指了指法纳姆，然后指了指动物园的大门。

法纳姆意识到乌格布想表达的意思后，不禁瞪大了双眼："它想让我带它们到传送门那儿。"

"这主意听起来糟透了。"麦查说道。

格林查德表示同感："一想起它们今天对我们仨和小镇做的那些事，我实在搞不懂你为什么想救它们的命。"

麦查没好气地补充道："没关系，它们还有一个选择，就是在剩下的这点时间内把我们都杀光。"

麦查的嘲讽把法纳姆逗笑了。"说得好。"他看着乌格布，点头说道："我会带你们去传送门那儿的。"

"你疯了吗？"格林查德瞪了法纳姆好一会儿，随后转念一想，以为这是法纳姆想出来的某个计策，"你真要把它们带到传送门那儿吗？还是说你其实打算把它们领到一个荒无人烟的地方？"

"我确实这么想过。"走出兽栏的法纳姆承认道，"这确实比让它们在镇上横冲直撞要好。不过，我也确实要带它们

### 我的世界 传奇 猪灵归来

到地下洞穴的传送门那儿，起码要带它们到我挖的那条隧道入口。"

和麦查一起跟在法纳姆后面的格林查德还是理解不了法纳姆："但你为什么要这么做？你应该很清楚它们不会报答你的，猪灵没有半点儿怜悯或感恩之心。"

法纳姆带着朋友们穿过猪灵蛮兵的队伍，没有一个猪灵朝他们投来凶狠的目光，它们只是低着头，轻声咕哝着。

"我不会把对人的标准用在它们身上，"法纳姆解释道，"我也不会反过来袭击它们的住处，这样也许能让它们得到教训。"

"如果它们不领情呢？"

"那得到教训的就是我了。"

两人只好点头同意。正当法纳姆环视动物园最后一眼，确认所有猪灵都准备好出发时，他发现邦菇斯正神志不清地躺在地上。

"那'方菇斯'怎么办？"法纳姆指着这位前任猪灵首领问道。

乌格布不满地看着邦菇斯，发出嘲笑般的咕哝声。法纳姆想帮邦菇斯一把，如果可以的话，他不想弃邦菇斯于不顾。

法纳姆让朋友们帮忙扶起邦菇斯，但他们用尽全力，也只能勉强让邦菇斯用双膝支撑起身体。

"它现在这个状态到不了传送门，"麦查说道，"而且它的体形实在太大，其他猪灵也扛不动它。"

"我们不能就这么把它扔在这儿。"格林查德一边说，一边挥手招呼着朝他们微笑的法纳姆,"啊,我的意思是,我们不能就这样让它在镇上乱跑,对吧?"

这一切全被受伤的邦菇斯看在眼里,它很清楚法纳姆一行人的意思。于是,它不再坚持让两人扶着,而是独自爬进空荡荡的兽栏,然后自己关上了兽栏的大门。

"就这样把它留在这儿真的好吗?"麦查问。

"当然不。"法纳姆应道,"我们要把它锁起来。"

法纳姆干脆利落地锁上了兽栏的大门。即使经历了乌格布的摧残,兽栏的大门依旧屹立不倒。与此同时,麦查找到了法纳姆掉落的铁锹,神奇的是,它依然完好无损。

邦菇斯并不反对自己被锁在兽栏里,在门被锁上后,它挥手示意法纳姆离开,随后便找了处柔软的地面躺了下来。

"这下应该准备万全了。"法纳姆点燃一根火把,走出动物园大门,开始在昏黑的夜色里穿行。

要走的路很长。法纳姆知道猪灵的时间有限,但他不知道它们具体能坚持多久。如果可以一路跑过去,法纳姆肯定不拖时间,但此时此刻,他必须控制好前进的节奏,不然他肯定会累倒在半路。

"我觉得我们的行进速度在乌格布看来有点儿慢了。"格林查德指着身后的乌格布说道。

"我知道它们想前进得越快越好,"法纳姆小跑着回应道,"但我最多也只能维持这个速度了。"

乌格布利用长腿追上在前面带路的法纳姆,不等他做出反应，便把他抱起来架在自己的肩膀上。随后，乌格布用闪电般的速度跑了起来，而大部队也加快脚步紧随其后。

路上，法纳姆为乌格布指路，乌格布当即照做。一些猪灵不慎在赶路时摔倒，但乌格布并未因此放慢脚步。麦查和格林查德则在队伍最后，负责催促掉队的猪灵赶上前面的队伍。

最后，他们来到法纳姆挖的隧道附近，隧道的末端便对着法纳姆在地下洞穴里发现的那扇黑曜石传送门。法纳姆拍拍乌格布的肩膀，然后指了指隧道口，乌格布便把他放在了隧道口旁。

法纳姆先指了指乌格布，然后双手指向隧道口——对前往地下深处仍心存顾虑的他只愿意帮它们到这儿。

要不是此时乌格布的脸色已经有些发绿，它肯定会当场和法纳姆理论一番。只见乌格布一头扎进隧道，想赶在身体扛不住前去到隧道的另一头。

猪灵大军一个接一个地紧跟在乌格布身后，一边走一边发出高亢的吼声。虽然队伍里有几个心急的猪灵撞倒了其他猪灵，但整支队伍依旧有条不紊地进入隧道，直至队尾隐入隧道的黑暗之中。

指着隧道口的法纳姆本想说些什么，但麦查已经先他一步用铁锹封住了隧道口，确保猪灵不会因反悔而折返回来。

"我真不敢相信我们会做出这种事。"格林查德难以置信地摇着头，"如果它们卷土重来怎么办？"

法纳姆耸耸肩，一时想不出好的回答："我们已经知道它们就在这下面。下一次，就让我们做好万全的准备来迎接它们吧，这既是为了我们自己，也是为了小镇。"

"不管怎么说，它们现在的状态并不算好，"麦查强调道，"不过它们应该能自己解决这个问题。"

"它们应该来得及回到下界。"格林查德猜测，"但谁知道最后会是什么结局。"

法纳姆叹了口气，对格林查德的话表示赞同。他转过身，和朋友们一同踏上了回家的路。"希望我们永远不知道这个问题的答案。"

三人回到镇上时已是破晓时分。镇上的居民早早便出门照顾起了伤员，同时为猪灵入侵造成的混乱场面善后。虽然猪灵停留的时间不长，但它们横冲直撞，把小镇破坏了个底儿朝天。不过，至少法纳姆的邻居们都还平安无事。

法纳姆想找个时间和镇上的大家说清事情的来龙去脉，解释清楚自己在这段时间所做的一切，不过现在的他还没有准备好担起这份责任，他只想和朋友们回到动物园好好休息——他们实在是太累了。

刚进动物园，法纳姆就听到一声低沉的吼叫在动物园里回荡。于是，怀疑事出有因的法纳姆来到了先前关押他们的兽栏。

兽栏里，是因离开下界的时间过长而毒发身亡的邦菇斯，克里滕先前酿造的保护它们的药水已经失效。虽然法纳姆不知道药水失效的确切时间，但他心里明白，猪灵"方菇斯"

的生命已经结束了。

即便如此,现在的它仍在兽栏里踱着步,发出呻吟般的吼叫。

"这真的是我迄今为止见过的最大的一个僵尸猪灵了。"格林查德百感交集,嘴唇紧紧咬在一起,麦查也点头表示认同。

法纳姆对不死生物的见识尚浅,他只能认同眼前两位见多识广的朋友的看法。如果忽略那条烧伤的腿,邦菇斯仍旧和生前一样高大。

格林查德问道:"为什么我感觉'方菇斯'没以前那么咄咄逼人了?"

麦查答道:"首先,它没有了发起侵略行为的能力;其次,它现在只会发出呻吟声,而不会发出以前那种声嘶力竭的吼叫;最后,它现在正被关在兽栏里。对吧?我说得没错吧?"

过了好一会儿,法纳姆才反应过来麦查的最后一句话是在问他。"没错!本来我们建这个兽栏就是为了关住任何可能出现的动物,这里面当然也包含巨型僵尸了!"

格林查德目不转睛地盯着邦菇斯,摇了摇头:"这确实是个好消息。然后呢?"

"你这话是什么意思?"

麦查玩笑般地用手肘顶了一下法纳姆的后背:"他的意思是,你打算怎么处置它?"

法纳姆脸上绽放出兴奋的微笑:"哦,这还不简单嘛,把它留下来不就好了!它就是我们动物园最棒的新成员!"